어니스트 헤밍웨이
Ernest Miller Hemingway
1899. 7. 21~1961. 7. 2

《노인과 바다》 집필 무렵의 헤밍웨이

1899년 7월 21일 미국 일리노이 주 시카고 근처의 오크파크에서 태어났다. 의사인 아버지와 성악가인 어머니 사이에서 풍족한 유년 시절을 보냈고, 어릴 때부터 아버지를 따라다니며 사냥과 낚시를 배웠다. 이때의 기억은 그의 초기 걸작 단편집《우리들의 시대에(In Our Time)》(1924)의 토대가 되었다. 1917년 고등학교 졸업 후 시카고의 〈캔자스시티 스타〉에서 6개월간 기자로 일하며, 간결하고 힘 있는 헤밍웨이 특유의 '하드보일드' 문체를 익히기 시작했다. 이듬해에 1차 세계대전에 참전하여 이탈리아 전투에 운전병으로 투입되지만 중상을 입고 밀라노의 적십자병원에 입원했다. 이곳에서 일곱 살연상의 미국인 간호사 아그네스 폰 쿠로브스키와 사랑에 빠지고, 이때의 경험은《무기여 잘 있어라(A Farewell to Arms)》(1929)를 비롯한 그의 여러 작품에 모티브가 되었다.
1921년 〈토론토 스타〉의 유럽 특파원 자격으로 파리에 주재하면서 거트루드 스타인, 에즈라 파운드, 스콧 피츠제럴드 등 당대의 유명 작가들과 교류하기 시작했다. 1926년 삶의 방향을 상실한 젊은이들의 방황과 환멸을 사실적으로 그린 첫 장편《태양은 다시 떠오른다(The Sun Also Rises)》를 발표하여 일약 미국 문단의 총아로 주목을 받고, 이어 1차세계대전의 참전 경험을 토대로 한 두 번째 장편《무기여 잘 있어라》를 발표해 세계적 작가의 반열에 올랐다. 이때 그의 나이 서른이었다. 그 후 〈킬리만자로의 눈(The Snow of Kilimanjaro)〉(1936), 〈프랜시스 매컴버의 짧고 행복한 생애(The Short Happy Life of Francis Macomber)〉(1936)와 같은 뛰어난 단편들을 발표하고, 1940년 스페인 내전을 소재로 한 장편《누구를 위하여 종은 울리나(For Whom the Bell Tolls)》를 통해 다시 한 번 작가로서의 명성을 굳혔다.
이후 오랜 침체기 끝에 1952년 완성한 《노인과 바다(The Old Man and the Sea)》는 100여쪽 분량의 짧은 이야기임에도 불구하고 《라이프》지에 발표되자마자 이틀 만에 500만 부가 팔리며 엄청난 반향을 일으켰다. 이 작품으로 퓰리처상과 노벨문학상의 영예를 안으면서 20세기 미국 문학의 거장으로 자리매김했다. 그러나 건강이 악화되면서 우울증과 알코올중독증에 시달리던 헤밍웨이는 몇 차례의 자살 시도와 입원을 반복하다 1961년 7월 2일 오하이오 케첨의 자택에서 엽총으로 자신의 생을 마감했다.

노인과 바다

시공 헤밍웨이 선집

The Old Man and the Sea

노인과 바다

어니스트 헤밍웨이 지음
장경렬 옮김

시공사

찰리 스크리브너와 맥스 퍼킨스에게*

*헤밍웨이가 말하는 찰리 스크리브너(Charles Scribner, 1890~1952)는 1932년부터 1952년 2월 11일 세상을 뜰 때까지 찰스 스크리브너즈 선스(Charles Scribner's Sons)라는 출판사를 운영했던 찰스 스크리브너 3세를 가리킨다. 맥스 퍼킨스(Max Perkins, 1884~1947)는 헤밍웨이가 《태양은 다시 떠오른다(The Sun Also Rises)》를 출간할 때부터 그의 작품에 대해 편집자 역할을 했던 사람. 그는 헤밍웨이뿐만 아니라 스콧 피츠제럴드와 토머스 울프의 작품을 편집한 사람이기도 하다.

일러두기

1. 이 책은 어니스트 헤밍웨이(Ernest Hemingway)가 1952년에 발표한 《노인과 바다(The Old Man and the Sea)》를 우리말로 옮긴 것이다.
2. 번역의 대본으로 삼은 것은 단행본으로 출간하기에 앞서 1952년 9월 1일 잡지 《라이프(Life)》(통권 33권 제9호)에 전재한 〈The Old Man and the Sea〉(pp. 34-54)이다.
3. 그림은 미국의 삽화가 노엘 시클스(Noel Sickles)의 작품으로, 1952년 《라이프》에 《노인과 바다》 초판과 함께 수록된 것을 그대로 실었다.
4. 본문에 등장하는 영어를 제외한 외국어는 원작에서 해석 없이 쓰인 경우 작품의 분위기를 고려하여 독음으로 표기하고 각주를 달았다. 단, 가독성을 해친다고 판단되는 경우는 해석을 괄호 안에 넣어 본문에 함께 병기했다.
5. 본문의 주는 모두 '옮긴이 주'이다.

차례

그는 멕시코 만류가 흐르는 지역에서 작은 배를 타고 혼자 고기잡이를 하는 노인이었다. 오늘까지 84일 동안 그는 고기를 한 마리도 낚지 못한 채 시간을 보냈다. 첫 40일 동안은 소년이 그와 함께 배를 탔다. 하지만 40일을 한 마리의 고기도 낚지 못하자 소년의 부모는 그에게 이제 노인은 명백히 그리고 마침내 불행 가운데서도 가장 끔찍한 불행에 처한 '살라오'* 신세가 되고 말았다고 했다. 그리하여 소년은 부모의 지시에 따라 다른 배를 타게 되었는데, 그 배는 첫 한 주 동안 괜찮은 고기를 세 마리나 낚았다. 매일같이 빈 배로 돌아오는 노인을 보는 소년은 마음이 아팠다. 소년은 항상 바닷가로 내려가, 감아놓은 낚

---

*'재수 없는 사람', '운이 다한 사람'이라는 뜻을 지닌 라틴 아메리카의 속어(俗語).

싯줄이든 갈고리든 작살이든 돛대를 둘둘 말아놓은 돛이든 이를 나르는 노인을 거들었다. 돛은 밀가루 포대로 여기저기 기워져 있었으며, 돛대에 감겨 있는 모습이 마치 영원한 패배의 깃발 같아 보이기도 했다.

노인의 모습은 야위고 수척해 보였으며, 목덜미에는 깊은 주름이 잡혀 있었다. 그리고 열대의 바다에 반사되는 강렬한 햇빛이 자비롭게도 선사한 피부암의 갈색 반점이 그의 뺨을 덮고 있었다. 반점은 뺨에서부터 얼굴 양쪽 아래쪽까지 번져 있었으며, 묵직한 고기가 매달린 낚싯줄을 다루다 보니 손에는 깊이 팬 상처 자국이 남아 있었다. 하지만 어떤 상처 자국도 최근에 생긴 것이 아니었다. 모두 고기 없는 사막의 침식 지형에 파인 골만큼이나 오래된 것들이었다.

모든 것이 세월의 흔적을 드러내고 있었지만 두 눈만큼은 예외였다. 그의 두 눈은 바다의 빛깔이었으며, 쾌활함과 불굴의 의지로 빛나고 있었다.

"산티아고 영감님." 배를 끌어올려 놓은 모래톱에서 올라올 때 소년이 말했다. "영감님 배를 다시 탈 수 있을 것 같아요. 돈을 어느 정도 모아놓았거든요."

노인은 소년에게 고기 잡는 법을 가르쳐준 사람으로, 소년은 그를 사랑했다.

"그럴 수는 없지." 노인이 말을 이었다. "넌 운이 따르는 배를 타고 있어. 그러니 올 생각 말아라."

"하지만 87일 동안 고기 한 마리 잡지 못했다가 3주 동안 매일 큼직한 고기들을 낚았던 것, 기억하시죠?"

"기억하다마다." 노인이 말했다. "네가 공연히 못 미더워서 내 곁을 떠난 게 아니라는 거 내 다 안다."

"아빠 때문에 그랬던 거예요. 저는 아직 아이라서 아빠 말을 들어야 하니까요."

"알다마다." 노인이 말했다. "당연히 그렇게 해야지."

"아빠는 못 미더워 해요."

"그래, 맞다." 노인이 말을 이었다. "하지만 우리에겐 믿음이 있지. 안 그러냐?"

"네, 그래요." 소년이 말했다. "영감님, 제가 테라스에서 맥주 한 잔 사드려도 될까요? 이 어구들은 그 다음에 옮기고요."

"그거 좋지." 노인이 말했다. "너와 나, 두 어부가 어울려 한잔하는 거, 나쁠 거 없지."

그들은 테라스에 가서 자리를 잡고 앉았다. 많은 어부들이 노인을 놀려댔지만, 그는 화를 내지 않았다. 나이든 어부들 가운데 놀림의 자리에 어울리지 않던 사람들은 그를 바라보며 가슴 아파했다. 하지만 그들은 그런 마음을 밖으로 드러내지 않은 채 그들이 낚싯줄을 드리우고 떠돌아다녔던 조류와 그 조류의 깊이에 대해, 변함없이 좋은 날씨에 대해, 그리고 그들이 바다에서 본 것에 대해 점잖은 말투로 이야기를 나눴다. 그날 고기잡이에 성공한 사람들은 이미 바다에서 돌아와, 잡은 청새치를 칼로 다듬어 이를 두 장의 널빤지가 다 차도록 그 위에 길게 올려놓고는 양쪽 끝을 각각 한 사람씩 나눠 잡고 힘겹게 비틀거리며 집어장(集魚場)으로 옮긴 다음이었다. 그러니까 고기를 아바나*의 어시장으로 운반할 냉동 트럭이 기다리고 있는 그곳까지 잡은 고기를 처리해 옮기는 일을 이미 마친 뒤였다. 그리고 상어를 잡은 사람들 역시 항구를 이루고 있는 만(灣)의 반대편에 있는 상어 가공 공장으로 잡은 상어를 옮기는 일을 이미 마친 다음이었다. 상어 가공 공장에서는 상어를 도르래 장치로 끌어다 간을 빼고 지느러미를 잘라낸 다음 가죽을 벗기고는 소금에 절이기 위해 살점을 길게 잘라 내곤 했다.

바람이 동쪽에서 부는 날에는 상어 가공 공장에서 나는 냄새가 항구의 만을 가로질러 이쪽으로 건너오곤 했다. 하지만 오늘은 아주 희미하게 냄새의 흔적만이 느껴질 뿐이었다. 바람이 북쪽으로 밀려간 뒤 잔잔해졌기 때문이었다. 그리하여 테라스 쪽의 공기는 상쾌한 데다가 햇살까지 가득했다.

"산티아고 영감님." 소년이 말을 꺼냈다.

"왜?" 노인이 대꾸했다. 그는 맥주잔을 든 채 먼 옛날의 일을 생각하고 있던 참이었다.

"잠깐 나갔다 와도 될까요? 영감님이 내일 쓸 정어리를 좀 잡아 왔으면 해서요."

*쿠바의 수도 아바나를 말함.

"안 그래도 돼. 가서 야구나 하렴. 난 아직 노를 저을 수 있는 데다가, 로헬리오가 그물을 던져줄 테니까 말이야."

"갔다 오고 싶어요. 함께 고기를 잡으러 가진 못하더라도 말예요. 어떤 식으로든 영감님께 도움이 되는 일을 하고 싶거든요."

"넌 나한테 맥주를 사주지 않았냐?" 노인이 말을 이었다. "어느새 너도 어른이 다 되었구나."

"영감님이 저를 배에 태우고 고기잡이를 처음 나갔던 게 제가 몇 살 때였지요?"

"네가 다섯 살 때였지. 기운이 너무 팔팔한 고기를 잡아 올려, 그놈의 고기가 배를 산산조각 낼 뻔했었지. 그때 넌 하마터면 죽을 뻔했단다. 기억나니?"

"고기가 꼬리를 파닥이면서 바닥을 쳐대서 배의 널빤지를 부서뜨렸던 것도 기억나고, 방망이로 고기를 두드려댔을 때 나던 소리도 기억나요. 영감님이 젖은 낚싯줄 다발이 있는 뱃머리 쪽으로 절 번쩍 들어 옮겼던 것도, 배가 온통 뒤흔들리며 요동쳤던 것도 다 기억나고, 도끼로 나무를 쓰러뜨리듯 영감님이 그놈을 계속 두들겨댈 때 나던 소리도, 제 주위를 온통 뒤덮던 들큰한 피 냄새까지도 다 기억나요."

"너 정말 그걸 기억하는 거냐? 아니면 내가 너한테 그렇게 얘기했던 걸 기억하고 그러는 거냐?"

"우리가 함께 처음 배를 타고 나갔을 때 있었던 일부터 모든 게 다 기억나요."

노인이 햇볕에 그을린 얼굴을 들어, 믿음과 사랑이 가득한 눈으로 소년을 바라보았다.

"네가 내 아이라면 널 데리고 나가 한번 승부를 걸어 볼 수도 있을 텐데." 노인이 말을 이었다. "하지만 넌 너의 아빠와 엄마의 아이인 데다가, 요즘 운이 따르는 배를 타고 있거든."

"가서 정어리를 구해와도 되겠지요? 그리고 저 어디 가면 미끼용 고기를 네 마리 구할 수 있는지도 알아요."

"오늘 사용하고 남은 게 아직 있단다. 소금에 절여 상자에 넣어놓았지."

"싱싱한 놈으로 네 마리 구해드릴 게요."

"그럼 한 마리만 가져오는 거다." 노인이 말했다. 그는 희망과 자신감을 결코 버린 적이 없었다. 게다가 미풍이 일 듯 새롭게 희망이 일고 있었다.

"그럼 두 마리만 가져올 게요."

"그래, 좋다. 두 마리만 가져오는 거다." 노인이 동의했다. "혹시 훔친 건 아니겠지?"

"그럴 생각이었으면 그럴 수도 있었겠지요." 소년이 말을 이었다. "하지만 산 거니까 걱정 마세요."

"그러냐? 고맙다." 노인이 대꾸했다. 그는 자신이 언제부터 자기 자신의 뜻을 쉽게 굽히는 사람이 되었는가를 놓고 생각에 잠기기에는 성품이 너무도 단순한 사람이었다. 하지만 그는 이미 자신이 그런 사람이 되어 있음을 알고 있었다. 그러면서도 그는 그것이 수치스러운 일은 아님을 알고 있었고, 그로 인해 자부심에 상처를 입을 일 역시 아님도 알고 있었다.

"조류가 지금 같으면 내일은 대어를 잡는 날이 되겠지." 노인이 말했다.

"어디로 나가실 건 데요?" 소년이 물었다.

"아주 멀리 나갔다가 바람의 방향이 바뀌면 되돌아올 생각이다. 날이 밝기 전에는 나갈 작정이야."

"제가 타는 배의 주인한테도 멀리 나가 고기를 잡자고 할 거예요." 소년이 말을 이었다. "영감님이 정말로 큰놈을 낚게 되면 가서 도와드릴 수 있게 말예요."

"그 친구는 너무 멀리 나가고 싶어 하지 않을 게다."

"맞아요." 소년이 말했다. "하지만 그 양반이 못 보는 걸 전 볼 수 있거든요. 새의 움직임 같은 거 말예요. 그런 걸 보았다고 한 다음 만새기를 찾아 멀리 나가도록 그를 유도할까 해요."

"그 친구, 그렇게 눈이 안 좋으냐?"

"거의 장님이나 다름없어요."

"거 참 묘하군." 노인이 말을 이었다. "그 친군 거북이잡이 배를 탄 적이 없거든. 거북이잡이 배를 타고 나갔다간 정말 눈이 다 망가지게 마련이지."

"하지만 영감님도 몇 년 동안이나 모스키토 해안* 쪽으로 거

---

*니카라과 동쪽 해안 거의 대부분과 온두라스 남서 해안 일부를 가리키는 지명.

북이잡이를 나가셨잖아요? 그런데도 시력이 대단하시잖아요."

"그래서 내가 괴짜 늙은이인 거지."

"아무튼, 영감님은 아직 정말로 엄청나게 큰 고기를 잡을 만큼 정정하신 거지요?"

"그런 것 같다. 게다가 그런 놈들을 잡는 데 필요한 요령도 좀 있고 말이야."

"이제 어구를 집으로 옮기도록 해요." 소년이 말했다. "투망을 가지고 나가 정어리를 잡으려면, 서둘러야겠어요."

그들은 배로 가 어구를 챙겼다. 노인은 돛대를 어깨에 멨고, 소년은 촘촘히 꼰 갈색의 낚싯줄을 감아 넣어놓은 나무 상자와 갈고리, 자루가 달린 작살을 집어 들었다. 미끼가 담긴 상자는 뱃머리의 나무판 아래쪽에 몽둥이와 함께 있었다. 몽둥이는 커다란 고기를 배 옆으로 끌어당긴 다음 이를 잠재울 때 사용하는 것이었다. 누구도 노인의 배에서 나무 상자를 훔쳐 가지는 않겠지만, 돛대와 굵은 낚싯줄을 집으로 옮기는 편이 나은 것은 이슬을 맞으면 상태가 나빠지기 때문이었다. 그리고 근처 사람들 가운데 누구도 그의 배에서 장비를 훔쳐갈 사람이 없으리라는 것을 확신하면서도 갈고리와 작살을 배에 남겨두면 공연히 누군가의 마음을 유혹에 빠뜨릴 수도 있으리라는 것이 노인의 생각이었다.

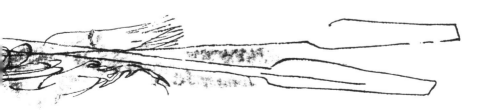

그들은 노인의 오두막이 있는 곳까지 함께 길을 따라 올라가서, 열려 있는 문을 통해 안으로 들어갔다. 노인은 둘둘 말린 돛이 감겨 있는 돛대를 벽에 기대 놓았고, 소년은 상자와 그밖의 어구를 그 옆에 두었다. 돛대의 길이는 단칸방으로 된 오두막의 길이에 거의 맞먹었다. 오두막은 "구아노"라 불리는 대왕종려나무*의 억세고 질긴 잎을 엮어 만든 것으로, 그 안에는 침대 하나와 탁자 하나, 의자 하나, 취사를 위한 숯 화덕 하나가 흙으로 된 바닥에 있었다. 평평하게 펴서 겹쳐놓은 질긴 구아노 나뭇잎으로 이루어진 갈색의 벽 위에는 채색이 되어 있는 예수의 성심화(聖心畫)와 코브레의 성녀 초상화**가 걸려 있었다. 그의 아내가 유품으로 남긴 것이었다. 한때는 엷은 색조를 넣은 아내의 사진을 벽에 걸어놓았었지만, 그는 이를 치웠

---

*대왕종려나무의 잎은 카리브 연안 지역에서 건축 재료로 사용되기도 하는데, 주로 빈민 지역의 초라한 오두막의 벽이나 지붕을 덮는 데 이용된다. 구아노는 언뜻 보기에 대왕종려나무와 비슷해 보이기는 하지만 종류가 전혀 다른 나무로, 헤밍웨이가 두 나무를 혼동하고 있는 것으로 판단된다.

**'예수의 성심화'는 천주교를 믿는 사람들의 집 안에 흔히 걸려 있는 예수의 초상화로, 예수의 가슴에 그의 사랑을 상징하는 심장이 그려져 있다. 한편 '코브레의 성녀 초상화'는 '코브레의 성모상'을 그림으로 옮긴 것으로, 이 코브레의 성모상은 쿠바의 남쪽에 있는 산티아고 데 쿠바라는 이름의 도시 근교의 엘코브레라는 광산촌의 성당에 모신 조각상을 말한다. 이 조각상에 관한 이야기는 1608년으로 거슬러 올라간다. 인터넷 사이트 sacred-destinations.com에 의하면, 두 명의 인디언 소년과 노예 소년이 엘코브레 근처의 해안에서 소금을 채집하고 있었다 한다. 그때 무언가가 물 위에 떠 있는 것을 보았는데, 그것은 아기 예수를 안은 채 황금 십자가를 들고 있는 자그마한 성모상이었다. 그런데 성모상은 "나는 자비의 성모이니라"라 쓰여 있는 판자 위에 놓여 있었다 한다. 이 성모상은 수많은 기적을 일으킨 것으로 알려져 있으며, 오늘날에도 많은 참배객들이 줄을 이어 찾고 있다.

다. 그걸 볼 때마다 너무 외롭다는 생각이 들기 때문이었다. 이제 그 사진은, 빨아 개어서 선반 구석에 얹어놓은 그의 셔츠 아래쪽에 놓여 있었다.

"뭘 드실 거예요?" 소년이 물었다.

"노란 쌀 요리* 한 그릇에다가 생선을 먹을까 하는데. 너도 좀 먹겠니?"

"아니요. 전 집에 가서 먹을래요. 불 좀 지펴드릴까요?"

"아니, 괜찮다. 나중에 내가 지피마. 아니면 그냥 찬 걸로 먹어도 돼."

"투망 좀 가져가도 될까요?"

"아무렴."

투망은 이미 거기에 없었다. 소년은 언제 그것을 팔았는지도 기억하고 있었다. 하지만 매일 같이 그들은 이 같은 상상 속의 삶을 즐겼다. 노란 쌀 요리와 생선도 없었고, 소년은 이 사실 또한 알고 있었다.

"85는 행운의 숫자지." 노인이 말했다. "내장을 들어내고 나서도 무게가 천 파운드**가 넘는 고기를 가져오는 걸 보고 싶지 않니?"

---

*쌀에 물을 넣고 적당한 시간 끓여 익힌 요리로, 이 요리에 사프란이라는 향신료를 넣으면 쌀이 노랗게 된다. 물론 요리에는 사프란뿐만 아니라 여러 재료가 첨가될 수 있다. 스페인의 발렌시아 지방을 대표하는 요리인 파에야도 이 노란 쌀 요리의 일종이다.
**1 파운드는 450그램. 따라서 1천 파운드는 450킬로그램.

"투망을 가지고 나가 정어리를 잡아올게요. 문간에 앉아 햇볕이나 쬐고 계세요."

"그러지, 뭐. 어제 신문이 있는데, 야구 관련 기사나 읽어야겠군."

소년은 어제의 신문이 있다는 것조차 상상 속의 일일지 모른다 생각했다. 하지만 노인이 정말로 침대 밑에서 신문을 꺼내왔다.

"페리코가 보데가*에서 이걸 나한테 줬단다." 노인의 설명이었다.

"정어리를 잡아서 다시 올게요. 영감님 거하고 제 거하고 함께 얼음에 재워놓았다가 새벽에 나누기로 해요. 제가 돌아오면 야구 얘기 좀 해주세요."

"양키스야말로 무적의 팀이지."

"하지만 클리블랜드의 인디언스가 있으니 장담할 수는 없어요."

"양키스를 향한 믿음을 잃어서는 안 되지. 애야, 양키스에는 위대한 선수 조 디마지오**가 있지 않니?"

"그래도 디트로이트의 타이거스와 클리블랜드의 인디언스 양쪽 다 두려운 상대지요."

---

*스페인어로 원래 '창고', '저장소'라는 뜻을 지닌 이 말은 '와인을 주로 파는 술집'을 뜻하기도 하지만, 미국의 라틴아메리카 구역이나 쿠바와 멕시코에서는 간단한 식료품, 술, 술 이외의 음료, 담배, 신문 등의 잡화를 판매하는 조그만 가게를 가리킬 때 주로 사용된다. 우리의 '편의점'이 이에 해당한다.

"그렇게 생각하다가는 신시내티의 레즈나 시카고의 화이트 삭스한테도 겁을 먹게 될 걸."

"잘 읽어두셨다가 제가 오면 얘기해주세요."

"우리, 끝자리 숫자가 85인 복권이라도 한 장 사야 하는 거 아닐까? 내일이 85일째 되니 말이다."

"그것도 좋지만 말예요." 소년이 말을 이었다. "영감님의 대기록인 87이라는 숫자로 끝나는 걸 사는 건 어때요?"

"그런 일은 두 번 다시 일어나기 어렵지. 끝자리 숫자가 85인 걸로 한 장 살 수 있을까?"

"한 장 주문하면 돼요."

"한 장만 주문하는 거다. 그러면 2달러 50센트네. 그건 그렇고, 누구한테 돈을 꾸지?"

"그 정도야 어렵지 않아요. 2달러 50센트쯤이야 언제라도 꿀 수 있거든요."

"어쩌면 나도 마음만 먹으면 꿀 수 있을 것 같다. 하지만 그러고 싶지가 않군. 처음엔 꿔달라 하지만 나중엔 구걸하게 되니까 말이야."

**조 디마지오(Joe DiMaggio, 1914~1999). 1936년 5월 3일에서 1951년 9월 30일까지 미국 메이저 리그 야구팀인 뉴욕 양키스에서 13년 간 선수로 활약했던(선수로 활약하던 도중 1943년에서 1945년까지 군 복무) 전설적인 명성의 야구선수. 그는 프로 야구선수 생활을 오로지 뉴욕 양키스에서만 했다. 그의 기록 가운데 특히 유명한 것은 1941년 5월 15일에서 그해 7월 16일까지 이어진 '56경기 연속 안타'로, 미국 메이저 리그 야구 역사상 이 기록을 깨뜨린 선수는 아직 없다고 한다.

"영감님, 몸을 따뜻하게 하세요." 소년이 말했다. "벌써 9월이라는 걸 잊지 마세요."

"9월은 엄청나게 커다란 놈들이 입질하는 달이지." 노인이 말을 이었다. "5월만 같으면 누구라도 어부가 될 수 있을 거야."

"이젠 정어리를 잡으러 갔다 올게요." 소년이 말했다.

소년이 돌아왔을 때 노인은 의자에 앉아 잠들어 있었다. 그리고 해는 이미 저물어 있었다. 소년은 낡은 군용 담요를 침대에서 걷어내어 의자 뒤쪽에서 노인의 어깨를 감싸듯 덮어주었다. 아주 늙은 사람의 어깨였지만 여전히 강인한 힘이 느껴지기도 했다. 참으로 묘한 어깨였다. 목도 여전히 튼튼했고, 앞으로 고개를 숙인 채 잠들어 있을 때 보니 그다지 주름이 많이 잡혀 있지 않았다. 그의 셔츠는 너무도 여러 번 조각을 덧대고 기워, 누덕누덕 기워놓은 모습이 그의 배에 거는 돛과 다를 바 없어 보였다. 게다가 덧대고 기운 조각들은 햇볕을 받아 여러 가지 색조로 바래 있었다. 노인의 머리도 아주 늙은 사람의 머리 모습 그대로였고, 눈을 감고 있는 그의 얼굴에서는 어떤 활기도 느껴지지 않았다. 양쪽 무릎을 덮고 있는 신문이 팔의 무게에 눌린 채 저녁의 미풍에 한들거리고 있었다. 발은 맨발이었다.

소년이 그런 모습의 노인을 뒤로하고 자리를 떴다가 다시 돌아와서 보니 노인은 여전히 잠들어 있었다.

"영감님, 이제 그만 일어나세요." 소년이 노인의 무릎 한쪽에 손을 올리고는 그를 흔들어 깨웠다.

노인은 눈을 떴지만, 멀고먼 잠의 여정에서 되돌아오느라 잠시 머뭇거렸다. 그런 다음 미소를 지었다.

"뭘 갖고 온 거냐?" 그가 물었다.

"저녁식사 거리예요." 소년이 말했다. "함께 들어요."

"난 그다지 배가 고프지 않은데."

"자, 와서 드세요. 제대로 드셔야 고기잡이도 할 거 아녜요."

"난 괜찮다니까." 노인이 일어나 집어 든 신문을 접으며 말했다. 그리고 그는 담요를 접기 시작했다.

"담요는 그대로 덮고 계세요." 소년이 말을 이었다. "제가 살아 숨쉬고 있는 한, 영감님이 제대로 식사를 하지 않은 채 고기 잡으러 나가는 일은 없을 거예요."

"아, 그래? 그렇다면 말이다, 오래오래 살고 몸조심 잘 해야겠다." 노인이 말을 이었다. "우리가 먹을 게 뭐지?"

"검은콩과 쌀 요리, 그리고 바나나 튀김에다가 약간의 스튜예요."

그와 같은 저녁거리를 소년은 테라스에서 2단으로 된 금속 용기에 담아 가지고 온 것이었다. 그리고 그의 주머니에는 각각 한 벌씩 종이 냅킨에 둘둘 만 두 벌의 나이프와 포크와 스푼이 들어 있었다.

"이걸 다 누가 줬냐?"

"마르틴이 줬어요. 식당 주인 말예요."

"고맙다 해야겠구나."

"제가 이미 고맙다 했어요." 소년이 말을 이었다. "그러니 새삼스럽게 인사하지 않으셔도 돼요."

"커다란 고기를 잡으면 뱃살을 그 양반한테 선사해야겠군." 노인이 말했다. "이런 적이 처음은 아니지?"

"그런 것 같아요."

"그렇다면 단순히 뱃살을 선사하는 것으로 끝낼 일이 아니구먼. 그 양반, 우리한테 참 친절하네."

"맥주도 두 개 줬어요."

"캔에 담긴 맥주가 최고지."

"알아요. 하지만 오늘 준 건 병에 담긴 거예요. 아투에이 맥주*인데요, 병은 가지고 가 돌려줄 거예요."

"고맙다." 노인이 말했다. "그럼 우리 식사를 시작할까?"

"그렇게 하자고 진작에 말씀 드렸잖아요." 소년이 부드러운 어조로 말했다. "하지만 영감님이 드실 준비를 마칠 때까지 그릇 뚜껑을 열고 싶지 않았어요."

"이제 난 준비가 다 됐다." 노인이 말했다. "손을 씻을 시간

---

*양조업계에 널리 알려져 있는 회사인 론 바카르디(Ron Bacardi)의 모델로 양조장에서 생산되던 맥주. 아투에이 맥주는 쿠바에서 한때 가장 유명했던 맥주로, 약 100년 전에 처음 세상에 선보였다. 쿠바의 공산화에 따라 모든 기업이 국영화되기 바로 전인 1959년에는 쿠바 맥주 시장의 절반을 차지할 정도로 인기가 대단했다. 1954년 헤밍웨이가 《노인과 바다》로 노벨문학상을 받게 되자, 맥주 회사가 헤밍웨이를 위해 모델로 양조장에서 파티를 열어주었다 한다. 헤밍웨이 역시 이 맥주의 열렬한 애호가였는데, 아바나에 있는 그의 집 근처에 바로 이투에이 맥주 양조장이 있었다.

이 조금 필요했을 뿐이야."

어디 가서 손을 씻으셨지요? 소년이 속으로 이렇게 말했다. 마을의 급수 시설은 길을 따라 내려가서 거리를 두 개 건너야 나왔다. 아, 영감님을 위해 물을 길어 왔어야 했는데. 소년의 생각이 이어졌다. 그리고 비누하고 깨끗한 수건도 준비해 왔어야 했는데. 난 왜 이처럼 생각이 모자란 걸까? 겨울을 나는 데 필요한 셔츠하고 재킷도 한 벌 마련해야겠구나. 어떤 종류로든 신발도 한 켤레 마련하고, 담요도 한 장 더 마련해야겠어.

"스튜 맛이 기가 막히구나." 노인이 말했다.

"야구 얘기 좀 해주세요." 소년이 노인에게 청했다.

"내가 너한테 말했듯 아메리칸 리그에선 양키스가 최고지." 노인이 행복한 표정으로 말했다.

"오늘 경기에선 졌어요." 소년이 노인에게 말했다.

"그 정도야 문제될 게 없지. 위대한 선수 디마지오가 다시 맹활약을 할거니까 말이다."

"그 팀엔 괜찮은 선수들이 더 있어요."

"물론이지. 하지만 그만큼 결정적인 역할을 하는 선수는 없어. 다른 쪽 리그의 브루클린과 필라델피아 두 팀 가운데 난 브루클린 쪽을 편들지 않을 수 없어. 하지만 그런 다음에도 여전히 필라델피아 팀의 딕 시슬러*를 떠올리곤 하지. 그가 옛 구장에서 엄청난 안타를 날렸던 것도 떠올리고 말이야."

"정말 그처럼 멋진 안타를 날린 사람은 없죠. 그만큼 공을 멀리 쳐내는 선수는 본 적이 없거든요."

"그가 테라스에 나타나곤 했던 때를 기억하니? 난 그를 고기잡이에 초청하고 싶었지만, 쭈뼛쭈뼛 망설이다 말도 꺼내지 못했어. 그래서 내가 너한테 대신 말해보라고 했는데, 너도 역시 쭈뼛쭈뼛 망설이다 말았지."

"기억나요. 그건 정말 큰 실수였어요. 우리하고 함께 고기를 잡으러 갈 수도 있었는데 말예요. 그랬다면 평생을 두고 얘기할 자랑거리가 생길 뻔했는데."

"위대한 선수 디마지오를 고기잡이에 초청하는 게 내 소망이지." 노인의 말이 이어졌다. "사람들이 그러는데, 그의 아버지도 어부였다더군. 어쩌면 그도 한때 우리만큼이나 가난했을 거고, 그러니 우릴 잘 이해해줄 거야."

"또 한 명의 위대한 선수인 시슬러에 관한 얘기인데요, 그 사람의 아버지는 가난했던 적이 없었데요. 그리고 그 사람 아버지 역시 제 나이였을 때 벌써 빅 리그**에서 뛰는 야구선수였다 하데요."

"내가 네 나이였을 땐 가로돛을 단 커다란 배의 선원이었지. 그건 아프리카로 가는 배였는데, 저녁 무렵이면 해변에서 어슬

*딕 시슬러(Dick Sisler, 1920~1998). 미국 메이저 리그 야구선수이자 감독. 1950년 '스리런 홈런'을 쳐서 필라델피아 팀을 창단 35년만에 처음 우승으로 이끈 주역. 후에 감독으로 활약하기도 했다. 그의 아버지 조지 시슬러(George Sisler, 1893~1973)도 메이저 리그의 전설적인 야구선수로, 1920년 한 시즌 최다 안타의 기록을 세운 바 있다. 이 기록은 2004년까지 깨지지 않았다 한다.
**메이저 리그의 별칭.

렁거리는 사자들을 보곤했단다."

"알아요. 그 이야긴 전에도 하신 적이 있거든요."

"그래? 우리, 아프리카 얘기를 할까, 아니면 야구 얘기를 계속할까?"

"야구 얘기를 계속해요." 소년이 말했다. "또 한 명의 위대한 선수로 꼽히는 존 호타 맥그로우*에 대해 얘기 좀 해주세요." 그는 '제이'로 발음하는 대신 '호타'로 발음했다.**

"그도 아주 옛날에 이따금 테라스를 찾곤 했었지. 하지만 그는 행동이 거칠고 말이 험악한 사람이었어. 그래서 술에 취했을 때 상대하기가 보통 어려운 게 아니었지. 그 사람은 야구뿐만 아니라 경마에도 관심이 많았던 것 같아. 다른 건 몰라도 최소한 경주용 말의 명단을 항상 주머니에 넣고 다녔으니까 말이야. 그리고 자주 전화에 대고 말 이름을 불러대곤 했단다."

"아주 위대한 감독이었죠." 소년이 말했다. "우리 아빠는 그 사람이 최고라 생각한대요."

"그렇게 생각하는 건 그가 자주 이곳에 왔기 때문이겠지." 노인이 말을 이었다. "만일 두로처***가 매년 잊지 않고 여길 찾아왔다면, 네 아빠는 그 사람이 최고의 감독이라 생각할 걸."

*존 제이 맥그로우(John J. McGraw, 1873~1934). 미국 메이저 리그 야구선수로도 유명했지만 특히 감독으로 유명했던 인물. 그는 '최고의 선수가 위대한 감독이 된 예'로 일컬어지는 인물이기도 하다.
**스페인어에서 'j'는 '호타'로 읽으며, 강한 'ㅎ' 발음을 갖는다.
***리오 두로처(Leo Durocher, 1905~1991). 미국 메이저 리그 야구선수이자 감독. 특히 감독으로 뛰어난 역량을 발휘했다.

"루케*와 마이크 곤살레스** 두 사람 가운데 누가 정말로 더 위대한 감독인가요?"

"내 생각엔 둘이 서로 비슷해."

"하지만 최고의 어부는 영감님이에요."

"그렇지 않아. 나보다 나은 어부들이 있다는 걸 난 알고 있다."

"케 바!***" 소년의 반응이었다. "훌륭한 어부들도 많고 그 가운데는 위대한 어부들도 있겠지요. 하지만 영감님 같은 어부는 세상 어디에도 없어요."

"고맙다. 그 말을 들으니 기분이 좋은 걸. 엄청나게 큰 물고기가 나타나서 잡지 못하는 바람에 네 말이 틀린 것임을 증명하는 일이 없어야 할 텐데 말이다."

"영감님이 말씀하셨듯 아직도 영감님은 강한 어부예요. 그러니 다루지 못할 만큼 엄청난 물고기란 따로 없어요."

"난 내 자신이 생각하는 만큼 강하지 않을지도 몰라." 노인이 말을 이었다. "하지만 말이다, 난 수많은 요령을 터득하고 있고 배짱 또한 두둑이 갖고 있지."

"이제 잠자리에 드셔야 해요. 그래야 내일 새벽 상쾌한 기분으로 일어나죠. 그릇하고 병은 제가 테라스로 갖다줄게요."

---

*돌프 루케(Dolf Luque, 1890~1957). 쿠바 출신의 미국 메이저 리그 야구선수. 쿠바 출신으로는 처음으로 메이저 리그에서 선발 투수의 자리에 오른 인물.
**마이크 곤살레스(Mike Gonzalez, 1890~1977). 쿠바 출신의 미국 메이저 리그 야구선수. 선수 생활을 하는 동안 포수로 활약했으며, 후에 코치와 감독으로도 활약했다.
***'무슨 말씀을' 또는 '천만에요'라는 뜻의 스페인어 표현.

"그럼 잘 자라. 내일 새벽에 가서 널 깨워주마."

"영감님은 제 자명종 시계인 셈이지요." 소년이 말했다.

"나이가 내 자명종 시계란다." 노인이 말을 이었다. "노인네들은 왜 그처럼 빨리 잠에서 깨는지 모르겠다. 하루를 좀 더 길게 보내기 위해서일까?"

"모르겠어요." 소년이 말을 이었다. "제가 아는 건 아이들은 늦게까지 곤하게 잔다는 거, 그것뿐인 걸요."

"내 기억에 나도 그랬어." 노인이 말했다. "시간에 맞춰 내일 깨워주마."

"제가 타는 배의 주인이 절 깨우러 오는 건 영 마음에 들지 않아요. 제가 그 사람보다 못한 사람인 것처럼 느껴지거든요."

"네 맘 안다."

"영감님, 그럼 편히 주무세요."

소년이 밖으로 나갔다. 그들은 불도 없이 식탁에서 식사를 했으며, 노인은 어둠 속에서 바지를 벗고 잠자리에 들었다. 그는 벗은 바지 사이에 신문지를 끼고 둘둘 말아 베개로 삼았다. 이어서 담요로 몸을 둘둘 만 다음, 침대의 스프링을 덮어놓은 또 다른 낡은 신문지 위에서 잠을 청했다.

그는 곧 잠이 들었다. 그리고 자신이 소년이었던 시절의 아프리카를 꿈속에서 보았다. 황금빛의 기다란 해안들이, 눈이 아플 만큼 새하얀 빛의 해안들이, 드높은 곶들이, 엄청나게 큰 갈색의 산들이 그의 꿈속에 모습을 드러냈다. 요즈음 그는 매일 밤 그 해안을 따라 움직이는 배 위에서 살며, 꿈속에서 파도 소리를 듣기도 했고 원주민들의 배들이 파도를 가르고 그가 있는 곳을 향해 다가오는 것을 보기도 했다. 그는 잠들어 꿈을 꾸는 동안 내내 갑판의 타르 냄새와 뱃밥* 냄새를 맡았으며, 새벽에 육지에서 불어오는 미풍이 전해주는 아프리카의 냄새를 맡았다.

평소 그는 육지의 미풍이 전하는 냄새를 느낄 때쯤 잠에서 깨어나 옷을 입고 소년을 깨우러 갔다. 하지만 오늘 밤 육지에서 불어오는 바람의 냄새가 너무 이른 시간에 그에게 몰려 왔다. 꿈속에서조차 그는 너무 이른 시간이라는 것을 감지하고는 계속 꿈속에 머물렀다. 바다 한가운데 솟아 있는 섬들의 하얀 봉우리들을 보기 위해서였다. 이윽고 그는 카나리아 군도**의 여러 항구들과 그 항구들 바깥쪽의 여러 정박지(碇泊地)를 꿈속에 보았다.

그의 꿈속에는 더 이상 폭풍우가, 여인네들이, 엄청난 사건들이, 엄청나게 커다란 고기들이, 싸움이, 힘 겨루기의 순간들이, 그리고 아내가 등장하지 않았다. 이제 그의 꿈속에 등장하는 것은 다만 그가 가보았던 장소들과 해안의 사자들뿐이었다. 사자들은 어둠 속에서 새끼 고양이들처럼 뛰놀고 있었다. 그

---

*옛날 목선이 배의 주류를 이루던 시절, 배의 나무판 사이로 물이 새면 낡은 밧줄을 풀어 그 틈을 메우곤 했는데, 이때 사용하는 낡은 밧줄을 '뱃밥'이라 한다.
**아프리카 북서쪽 해안에 있는 군도로, 스페인의 자치령.

리고 그에게는 소년이 사랑스럽게 느껴진 것만큼이나 그 사자들이 사랑스럽게 느껴졌다. 그는 꿈속에서 소년을 본 적은 한 번도 없었다. 문득 잠에서 깨어난 노인은 열린 창문을 통해 달을 바라보고는 베개로 삼았던 바지를 펴 입었다. 그리고 오두막 밖에서 소변을 본 다음, 소년을 깨우기 위해 길을 따라 올라갔다. 그는 새벽의 한기 때문에 몸을 떨고 있었다. 하지만 몸을 떨고 있노라면 온기가 다시 찾아올 것임을, 그리고 곧 노를 젓게 될 것임을 그는 알고 있었다.

소년이 살고 있는 집의 문은 잠겨 있지 않았다. 그는 문을 열고, 맨발로 소리 없이 걸어 안으로 들어갔다. 소년은 문간방의 간이 침대에 누워 자고 있었으며, 노인은 기울어가는 달의 희미한 빛에 의지하여 소년의 잠든 모습을 또렷이 볼 수 있었다. 소년의 한쪽 발을 부드럽게 잡은 다음 소년이 깨어나 얼굴을 돌려 그를 바라볼 때까지 쥐고 있었다. 노인이 고개를 끄덕였고, 소년은 일어나 침대 옆의 의자에 놓인 바지를 가져다 침

대에 걸터앉은 채 이를 입었다.

노인이 문 밖으로 나오자, 소년도 그 뒤를 따라 나왔다. 노인은 아직 졸음에 겨워하는 소년의 어깨를 한 팔로 감싸 안으며 이렇게 말했다. "미안하구나."

"케 바. 아니에요." 소년이 말을 이었다. "어른이라면 감당해야 할 일인데요, 뭘."

그들은 노인의 오두막이 있는 곳까지 길을 따라 내려갔다. 길을 따라 가는 동안 내내 어둠 속에서 사람들이 자기네들 배의 돛대를 멘 채 맨발로 바닷가를 향해 가는 것을 볼 수 있었다.

노인의 오두막에 이르자, 소년은 낚싯줄을 말아 넣어놓은 바구니와 작살과 갈고리를 들었다. 노인은 돛을 감아놓은 돛대를 어깨에 멨다.

"커피 좀 드실래요?" 소년이 노인에게 물었다.

"우선 어구를 배에 갖다 놓자. 그런 다음에 들자구나."

그들은 이른 새벽 바다로 나가는 어부들을 상대로 요깃거리를 파는 곳에 가서 연유 깡통에 커피를 따라 마셨다.

"영감님, 잘 주무셨어요?" 소년이 물었다. 아직 완전히 잠에서 깨어난 것은 아니지만, 그래도 이제 서서히 정신을 차려가고 있었다.

"아주 달게 잘 잤단다, 마놀린." 노인이 말했다. "오늘은 어째 일이 잘 풀릴 것 같은 예감이 드는구나."

"저도 그래요." 소년이 말을 이었다. "이제 영감님 몫과 제

몫의 정어리하고 영감님이 사용할 신선한 미끼용 고기를 가지러 가야겠어요. 제가 타는 배의 어구는 배 주인이 직접 날라요. 그 양반은 남이 그걸 옮기는 걸 달가워하지 않거든요."

"우린 다르지." 노인이 말했다. "난 네가 다섯 살일 때 벌써 어구를 나르게 했거든."

"알아요." 소년이 말했다. "곧 돌아올게요. 커피나 한 잔 더 하고 계세요. 여기선 외상이 되니까요."

그는 산호 바위 위로 난 길을 따라 맨발로 걸어, 미끼가 저장되어 있는 얼음저장고를 향해 갔다.

노인은 천천히 커피를 마셨다. 그것이 그가 하루 종일 입에 넣을 수 있는 것의 전부였다. 그는 그것이라도 마셔두어야 한다는 것을 알고 있었다. 무언가를 먹는다는 것이 귀찮게 느껴진 지가 벌써 오래되었다. 그래서 점심거리를 배로 가져가질 않았다. 그는 뱃머리에 물병 한 개를 가져다두었는데, 그것이 하루 종일 그가 필요로 하는 요깃거리의 전부였다.

곧 소년이 정어리와 신문지에 싼 미끼용 고기 두 마리를 가지고 왔다. 그들은 맨발에 와 닿는 자갈이 섞인 모래밭의 감촉을 느끼면서 배가 있는 곳까지 내려왔다. 그런 다음 배를 들어 바닷물 위에 띄웠다.

"영감님, 행운을 빌어요."

"그래. 너한테도 행운이 따르길 바란다." 노인이 말했다. 그는 좌우 양쪽의 노에 매어놓은 밧줄을 각각의 노 받침못에 단단히 고정시켰다. 그런 다음 노를 물에 첨벙 담그면서 몸을 앞으로 굽혔다. 반동 때문에 몸이 밀려 뒤로 넘어가는 것을 막기 위한 동작이었다. 곧이어 그는 어둠 속에서 노를 저어 항구를 벗어나기 시작했다. 다른 곳에서 출발하여 바다를 향해 나가는 배들도 있었다. 이제 달이 산 너머로 기울었기 때문에 그 모습을 볼 수는 없었지만, 사람들이 노로 물을 가르고 젓는 소리가 들려 왔다.

이따금 말소리가 배에서 들리기도 했다. 하지만 대부분의 배들은 노를 젓는 소리 이외에 그 어떤 소리도 내지 않은 채 정적을 지켰다. 방파제로 막아 놓은 항구의 입구를 벗어나자 배들은 뿔뿔이 흩어졌다. 뿔뿔이 흩어져 각자 고기를 찾을 수 있으리라 기대하는 곳을 향해 갔다. 노인은 오늘 먼바다로 나갈 생각이었다. 그는 육지의 냄새를 뒤로 한 채 이른 새벽 바다의 상쾌한 냄새 한가운데로 노를 저어 갔다. 어부들이 큰 우물이라 부르는 곳 너머로 노를 저어 가는 동안, 노인은 해초들의 인광(燐光)이 물속에서 어른거리는 것을 보았다. 어부들이 그곳을 큰 우물이라 부르는 이유는 바다가 갑작스럽게 깊어져 700패덤*의 깊이를 이루고 있기 때문이었다. 그곳에는 온갖 종류의 고기들이 모여들었는데, 이는 바다의 바닥에서부터 시작되는 가파른 절벽에 조류가 부딪히며 만들어내는 소용돌이 때

* 바다나 광산의 깊이를 나타내는 단위로, 1패덤은 약 6피트, 즉 1.8미터에 해당한다.

문이었다. 여기에는 새우 떼들과 큰 고기의 먹이가 되는 잔고기 떼들이 집중적으로 모여 있었으며, 때로는 아주 깊은 구덩이들에 오징어가 떼를 지어 모여 있기도 했다. 밤이 되면 이 고기들은 수면 가까운 곳으로 올라와, 먹이를 찾아 떠돌아다니는 온갖 물고기들의 밥이 되곤 했다.

새벽의 어둠 속에서 노인은 아침이 다가오는 것을 느낄 수 있었다. 노를 젓고 있는 그의 귀에 날치들이 물 밖으로 튀어나올 때 나는 날개의 진동음이 들리기도 했고, 녀석들이 어둠 속을 날 때 빳빳하게 세운 날개가 공기를 가르면서 내는 마찰음이 들리기도 했다. 노인은 녀석들을 아주 좋아했는데, 바다에 나와 있는 동안 그가 가장 친근감을 느끼는 상대가 이 날치들이기 때문이었다. 그리고 노인은 새들이 가엾다 느끼곤 했다. 특히 항상 물 위를 날며 먹이를 찾지만 거의 아무것도 제대로 찾지 못하는 작고 가냘픈 검은색의 제비갈매기들을 가여워했다. 그리고 남의 먹이를 빼앗아 먹는 녀석이나 힘세고 육중한 녀석들을 제외하면 새들은 우리네 인간보다 더 힘든 삶을 꾸려나가고 있다는 생각에 젖기도 했다. 바다가 끔찍이도 무자비해질 수 있는데, 어찌하여 자연은 제비갈매기와 같은 새들에게 그처럼 섬세하고 가냘픈 몸매를 허락한 것일까. 평소 바다는 친절하고 아주 아름답지. 하지만 순식간에 표변하여 엄청 무자비해질 수도 있어. 자그맣고 슬픈 목소리로 울며 날아다니다 물속에 부리를 넣어 먹이를 찾는 그런 새들은 바다에서 살기엔 너무도 섬세하게 만들어진 생명체들이야.

노인은 항상 바다를 '라 마르'로 생각했다. 바다를 사랑하는 사람들이 사용하는 스페인어 표현인 '라 마르'가 바로 그가 생각하는 바다였던 것이다. 바다를 사랑하지만 어쩌다 바다에 대해 험담을 하는 사람들도 있다. 하지만 그들은 항상 바다가 여인이라도 되는 양 여기면서 이야기를 나눈다. 젊은 축에 드는 어부들 가운데는 바다를 이야기할 때 남성형 표현인 '엘 마르'를 사용하는 친구들도 있었다.* 그러니까 낚싯줄을 바다에 드리울 때 부표(浮漂)를 찌로 사용하는 데다가 상어 간으로 많은 돈을 벌어 그 돈으로 산 동력선을 소유하고 있는 그런 친구들이 그러했다. 그들은 바다를 경쟁자로, 혹은 고된 노역의 장소로, 심지어 적으로 여기고 있는 것이었다. 하지만 노인은 항상 바다를 여성적인 그 무엇으로, 엄청난 사랑을 베풀거나 억제하는 그런 존재로 여겼다. 그리고 만일 바다가 사나워지거나 사악한 짓거리를 하면 바다 자신도 어쩔 수 없기 때문에 그러는 것으로 여겼다. 달이 여인네들의 감정을 좌우하듯 바다의 감정도 좌우한다는 것이 그의 생각이었다.

그는 쉬지 않고 일정한 속도로 노를 저었다. 노를 젓는 일이 그에게는 하나도 힘이 들지 않았는데, 그가 감당할 수 있는 속

---

*스페인어에서 바다를 뜻하는 '마르(mar)'는 일반적으로 남성형 명사로 취급되지만, 경우에 따라 여성형으로 취급되기도 한다. 이처럼 경우에 따라 성이 바뀌는 스페인어 명사 가운데 대표적인 것이 예술을 뜻하는 '아르테(arte)'다.

도의 범위를 벗어나지 않았기 때문이며, 또한 어쩌다 조류가 소용돌이치기도 했지만 바다의 표면이 잔잔했기 때문이었다. 노를 젓는 두 팔이 3분의 2의 일을 한다면 나머지 3분의 1의 일은 조류가 알아서 하도록 내버려두고 있었다. 그리하여 동이 틀 무렵에는 이미 그 시간에 그가 나와 있기를 희망했던 것보다 한결 더 멀리, 바다 한가운데로 나와 있게 되었다.

깊은 우물에서 일주일 동안 작업을 했지만 아무 소득도 없었지. 그의 생각이 이어졌다. 오늘은 가다랑어 떼와 날개다랑어 떼가 모여 있는 곳에서 작업을 하기로 하자. 어쩌면 그런 고기 떼 한가운데에는 큼직한 녀석이 하나 있을지도 몰라.

날이 완전히 밝기 전에 노인은 미끼를 드리우고, 조류의 움직임에 배를 맡겼다. 첫째 미끼는 40패덤 깊이로 드리웠고, 둘째 미끼는 75패덤 깊이로 드리웠다. 그리고 셋째 미끼와 넷째 미끼는 100패덤 깊이와 125패덤 깊이의 푸른 바닷물 저 깊은 곳으로 드리웠다. 각각의 미끼는 낚싯바늘을 물속에 드리웠을 때 머리가 아래쪽으로 향하도록 한 미끼용 고기로 바늘의 몸통을 감싸 단단하게 묶고 꿰맨 다음, 미끼용 고기 밖으로 튀어나와 있는 바늘의 구부러진 부분과 뾰족한 부분에 신선한 정어리를 차례로 꿰어, 바늘의 어느 부분도 보이지 않도록 만든 것이었다. 미끼용 고기와 함께 사용한 정어리들을 눈과 눈 사이를 가로질러 차례로 바늘에 꿰어놓았기 때문에, 낚싯바늘의 구부러진 부분은 마치 초승달 형태의 화환(花環) 같아 보였다. 낚싯바늘의 어디를 보더라도 거대한 물고기의 후각과 미각을 유혹하지 못할 부분이라고는 한군데도 없었다.

소년이 그에게 싱싱한 놈으로 작은 다랑어 두 마리를 주었는데, 그 두 마리는 다른 것보다 한결 깊은 곳에 드리운 두 개의 낚싯줄 끝에 마치 납으로 된 추처럼 매달려 있었다. 옅은 곳에 드리운 두 개의 낚싯줄에는 전에 미끼로 사용했던 큼직한 푸른줄무늬전갱이와 갈전갱이가 매달려 있었다. 전에 사용했던 것이지만 아직 상태가 좋고, 게다가 일품의 정어리들에 둘러싸여 있으니 냄새뿐만 아니라 모양으로도 고기들을 유혹하는 데 부족함이 없었다. 두꺼운 연필만큼이나 굵은 각각의 낚싯줄에는 고리 모양의 매듭이 있고 그 안에 초록색 칠을 한 막대기가 묶여 있었는데, 이 막대기는 물고기가 행여 미끼를 잡아당기거나 건드리면 물속으로 잠기게 되어 있었다. 또한 각각의 낚싯줄에는 40패덤 길이의 감아놓은 예비용 낚싯줄이 각각 두 다발씩 연결되어 있었다. 이는 필요한 경우 고기가 300패덤이 넘는 거리까지 끌고 갈 수 있도록 다른 예비용 낚싯줄에 잡아 맬 수도 있는 것들이었다.

이윽고 노인은 뱃전 너머로 보이는 세 개의 막대기가 물속으로 잠기는가를 눈여겨보면서, 낚싯줄이 곧게 물속에 드리워지고 적당한 깊이에 낚싯바늘이 가 있도록 부드럽게 배를 저었다. 이제 날이 상당히 훤해져, 어느 때 해가 떠오를지 모를 시점이 되었다.

바다 위로 해가 희미하게 떠올랐고, 이제 노인은 다른 배들을 볼 수 있게 되었다. 나지막하게 떠 있는 배들은 해안에서 상당히 가까운 곳에서 조류를 가로질러 넓게 흩어져 있었다. 이윽고 햇빛이 한결 환해지더니, 바닷물에 빛을 반사하여 눈을 부시게 했다. 곧 해가 바다 위로 맑게 떠오르자 잔잔한 바다는 햇빛을 반사하여 그의 눈을 공격했다. 어찌나 예리하게 눈을 자극하는지 그는 바다에서 눈길을 돌린 채 노를 저었다. 그는 뱃전의 물 속을 들여다보기도 했다. 그리고 낚싯줄이 어두운 물 속으로 곧게 드리워졌는가를 살펴보았다. 그는 낚싯줄이 곧게 아래로 드리워지도록 하는 일에 누구보다도 더 신경을 썼다. 이는 낚싯줄 끝에 매달아놓은 미끼가 어두운 해류 속 일정한 깊이에 각각 드리워져 있게 함으로써, 그가 정확하게 원하는 바로 그 깊이에서 어떤 고기든 그곳을 헤엄치는 녀석을 기다리게 하기 위한 조처였다. 다른 어부들은 조류의 움직임에 낚싯줄의 미끼를 맡겨두곤 했는데, 그로 인해 미끼가 100패덤 깊이에 드리워져 있다고 생각하지만 실제로는 60패덤 깊이에 가 있는 경우가 종종 있기도 했다.

하지만 난 그들과 달라. 난 원하는 지점에 정확히 낚싯줄이 드리워져 있도록 하지. 노인의 생각이 이어졌다. 다만 운이 좀 없을 뿐이야. 하지만 누가 알아? 어쩌면 오늘은 운이 좋을지도 모르지. 매일 같이 바뀌는 것이 운 아닌가. 운이 좋다면 더 바랄 게 없겠지. 하지만 난 우선 정확하고 꼼꼼하게 일을 처리하고 싶어. 그래야 운이 다가왔을 때 그걸 즉시 취할 수 있을 테니까 말이야.

해가 뜨고 두 시간이 지났다. 동쪽으로 눈길을 줘도 이제는 그다지 눈이 아프지 않았다. 시야에 들어오는 배는 단 세 척뿐이었다. 그것도 저 멀리 해안 가까운 곳에 나지막하게 떠 있었다.

일생 동안 아침 해가 내 눈을 아프게 했어. 그가 생각에 잠겼다. 하지만 아직도 내 눈은 괜찮아. 저녁때는 태양을 똑바로 바라보아도 눈앞이 캄캄해지질 않지. 저녁때 햇빛이 더 강한데도 말이야. 그래도 고통스러운 건 아침 햇빛이지.

바로 그때 군함새 한 마리가 길고 검은 날개를 편 채 그의 앞쪽 하늘에서 맴돌고 있는 것이 보였다. 새는 날개를 뒤로 기울인 채 비스듬히 바다를 향해 재빨리 하강하더니, 다시 허공을 맴돌았다.

"녀석이 뭔가를 본 거다!" 노인이 큰 소리로 말했다. "그냥 아래를 내려다보고 있는 건 아닐 거야."

그는 천천히 일정한 속도로 배를 저어 군함새가 맴돌고 있는 곳으로 다가갔다. 그는 서두르지 않았으며, 계속 낚 싯줄이 곧게 아래로 드리워져 있도록 신경을 쓰면서 노를 저어 갔다. 평소에 낚시를 하며 배를 움직일 때보다 약간 속도를 내긴 했다. 새를 이용할 생각이 없었다면 그러지 않았을 것이다. 하지만 서두르면서도 여전히 낚시질이 올바르게 이루어지도록 하기 위해 그는 조류와 약간 씨름을 하기도 했다.

새가 전보다 더 높이 하늘로 올라가더니, 날개를 고정시킨 채 다시금 어느 한 지점에서 맴돌았다. 이윽고 갑작스럽게 바다를 향해 급강하했으며, 노인은 날치가 물에서 갑작스럽게 튀어나와 필사적으로 바다 위를 나르는 것을 보았다.

"만새기로구나!" 노인이 큰 소리로 외쳤다. "커다란 만새기야."

그는 노를 배에 올려놓은 다음 뱃머리의 나무판 아래쪽에서 소형 낚시 도구를 꺼냈다. 이는 철사로 된 목줄이 있는 낚싯줄로, 보통 크기의 낚싯바늘이 달려 있는 것이었다. 그는 미끼로 사용할 정어리 한 마리를 꺼내 낚싯바늘에 끼웠다. 그런 다음 뱃전 너머로 드리우고는 배 뒤쪽에 있는 고리에 단단히 잡아맸다. 곧이어 또 다른 낚싯줄의 바늘에 미끼를 끼우고는 둘둘 말려 있는 채로 그늘진 공간인 뱃머리의 나무판 아래쪽에 놓아두었다. 그러고 나서 다시 배를 젓기 시작했으며, 배를 젓는 동안 계속 길다란 날개의 검은 새가 이제 수면 위쪽으로 낮게 내려와 먹이를 찾고 있는 것을 지켜보았다.

그가 지켜보는 동안, 새가 다시 잠수를 위해 날개를 뒤로 모은 채 비스듬히 하강하여, 거칠지만 헛된 날갯짓을 되풀이하며 날치를 쫓아갔다. 그때 무언가가 수면 위로 약간 부풀어오르는 것이 노인의 눈에 띄었고, 노인은 곧 이것이 달아나는 고기 떼를 쫓아 떼를 지어 수면 쪽으로 올라온 큼직한 만새기들임을 알았다. 만새기들은 날아가는 날치들 아래쪽에서 물살을 가르며 앞으로 나가고 있었다. 전속력으로 헤엄을 치고 있는 만새기들은 날치들이 물 위로 떨어지는 순간 바로 그 지점에 이르러 있을 것이었다. 엄청난 만새기 떼로군. 그가 생각을 이어나갔다. 녀석들이 널찍이 퍼져 있어 날치들한테는 도망갈 틈이 없을 거야. 새한테도 기회가 없겠지. 하기야 날치들은 군함새의 먹이로는 너무 큰 데다가 속도도 엄청 빨라 따라잡기도 힘들지.

노인은 날치들이 바닷물을 가르고 연신 물 위로 튀어나오는 것과 새의 헛된 몸짓을 계속 지켜보았다. 날치 떼가 이젠 나한테서 완전히 멀어지고 말았군. 그가 생각을 계속 이어갔다. 녀석들, 너무 빨리, 너무 먼 곳으로 움직이고 있어. 하지만 뒤로 쳐진 녀석을 하나쯤 잡을 수 있을지도 몰라. 그리고 어쩌면 내가 잡으려는 큰 고기는 그 녀석들 주위에 있을지도 모르지. 내가 잡으려는 큰 고기가 분명히 어딘가에 있을 거야.

이제 구름들이 육지 위로 피어오른 모습이 마치 산들이 높이 솟아 있는 것처럼 보였다. 그리고 해안은 잿빛이 감도는 푸른빛 언덕들을 배경으로 하여 다만 기다란 녹색의 선으로 보일 뿐이었다. 바닷물은 이제 짙푸른 빛으로 바뀌어 있었다. 너무나 짙푸르러 아예 보랏빛에 가까워 보일 정도였다. 바닷물 안을 들여다보니, 검은빛이 감도는 물 속에 붉은빛의 플랑크톤이 흩뿌려놓은 가루처럼 떠 있었다. 햇빛이 물과 만나 연출하는 오묘한 빛의 유희 또한 그의 눈길을 끌었다. 그는 낚싯줄이 곧게 아래로 드리워져 마침내 바닷물에 가려져 보이지 않는 것까지 살펴 확인했다. 플랑크톤이 그처럼 많다는 것이 그의 마음을 즐겁게 했는데, 이는 근처에 고기가 있다는 증거이기 때문이었다. 이제 해는 한결 높아졌고, 그런 해가 던지는 빛이 바닷물과 만나 오묘한 빛의 유희를 연출하고 있음은 날씨가 계속 좋으리라는 것을 의미했다. 육지 위로 구름이 산처럼 솟아 있는 것 역시 날씨가 좋으리라는 징조였다. 하지만 이제 군함새는 거의 시야 밖으로 물러나 있었고, 수면 위로도 보이는 것이 없었다. 다만 햇빛에 바랜 노란색 해초의 조각들이, 그리고 보랏빛의, 제법 모양을 갖춘, 형광색을 띤 아교질의 고깔해파리의 둥근 공기주머니가 배 가까이에 떠 있는 것이 보일 뿐이었다. 고깔해파리는 몸체를 옆으로 뉘었다가 스스로 바로잡곤 했다. 그것은 1야드나 되는 치명적인 길다란 보랏빛 촉수들을 실타래에서 풀려난 실처럼 물속에 길게 드리운 채 물거품처럼 들까불고 있었다.

"'아구아 말라*'로군." 노인이 말했다. "이런, 화냥년 같은 것!"

노인은 노를 가볍게 밀어젖히는 동시에 몸을 돌려 물속을 들여다보았다. 고깔해파리의 길게 늘어뜨린 촉수들과 같은 색깔의 자그마한 물고기들이 보였다. 물고기들은 촉수들 사이와 물거품 같은 고깔해파리가 떠다니면서 만드는 작은 그늘 아래서 헤엄치고 있었다. 이 물고기들은 고깔해파리의 독에 면역이 되어 있었다. 하지만 인간은 그렇지가 않았다. 어쩌다 촉수들 가운데 일부가 낚싯줄에 걸려 보랏빛의 끈적끈적한 점액질로 들러붙게 되면, 낚싯줄에 걸린 고기를 끌어올리는 동안 노인의 팔과 손에 채찍으로 맞은 것 같은 자국을 남겼고, 그 부위가 마치 덩굴옻나무나 옻나무의 독이 올랐을 때 같이 욱신욱신 쑤시고 아파왔다. 차이가 있다면, '아구아 말라'의 독은 채찍으로 맞은 것처럼 급속하게 그 효과가 나타난다는 것이었다.

겉으로 보기에 고깔해파리들의 무지갯빛 공기주머니는 아름답기만 했다. 하지만 바다에서 고깔해파리들만큼이나 겉과 속이 다른 놈들도 없었다. 그래서 노인은 거대한 바다거북이들이 그놈들을 잡아먹는 것을 고소해하는 마음으로 지켜보곤 했

---

* 스페인어로 '해로운 물' 또는 '독성분의 물'이라는 뜻. 고깔해파리의 별칭.

다. 거북이들은 놈들을 보면 정면으로 다가가, 눈까지 갑옷으로 완전히 가리기라도 하듯 두 눈을 질끈 감은 채 촉수든 무엇이든 몽땅 먹어치웠다. 노인은 거북이들이 놈들을 잡아먹는 것을 지켜보는 일도 재미있어 했지만, 폭풍우가 불어 닥친 다음 바닷가를 걸어가다가 육지로 올라온 놈들을 밟아 터뜨릴 때 나는 소리를 듣는 것도 재미있어 했다. 굳은살이 박혀 있는 딱딱해진 발바닥으로 고깔해파리를 밟으면 퍽 소리를 내며 터지곤 했던 것이다.

그는 가치가 대단하기도 하지만 우아한 자태로 빠르게 움직이는 푸른바다거북이들과 대모(玳瑁)거북이들을 좋아했다. 그리고 엄청난 덩치의 멍청한 붉은바다거북이에 대해서는 한편으로 우습게 생각하면서도 다른 한편으로 친밀감을 느끼기도 했다. 등껍질이 누런 색깔인 이 녀석들은 별난 모습으로 교미를 했으며, 눈을 질끈 감은 채 행복한 표정으로 고깔해파리들을 잡아먹곤 했다.

그는 몇 해 동안이나 거북이잡이 배를 탔었지만, 거북이가 신비로운 존재라 생각해본 적은 없었다. 엄청나게 큰 장수거북은 그 길이가 조각배만큼이나 긴 데다가 무게가 1톤이나 나갈 때도 있었지만, 그에게는 그저 거북이들 모두가 불쌍하다는 느낌이 들 뿐이었다. 대부분의 사람들은 거북이들을 가엾다 생각하지 않는데, 거북이를 잡아 도살한 다음에도 그 심장이 몇 시간이나 펄떡이기 때문이다. 하지만 노인은 자신이 바로 그런 심장을 가지고 있으며, 자신의 팔과 다리도 거북이의 팔과 다리와 같다 생각했다. 그는 기운을 얻기 위해 거북이의 하얀 알을 먹었다. 5월 내내 거북이 알을 먹었는데, 이는 9월과 10월이 되어 정말로 큰 고기를 잡을 때 힘이 딸리지 않을 만큼 강해지기 위해서였다.

그는 또한 큼직한 드럼통에서 매일 같이 상어의 간유(肝油)를 한 컵씩 떠서 마시기도 했다. 상어의 간유가 담겨 있는 드럼통은 많은 어부들이 어구를 보관하는 데 사용하는 오두막에 있었으며, 어부들 가운데 원하는 사람이면 누구든 간유를 떠 마실 수 있었다. 대부분의 어부들은 그 맛을 싫어했다. 하지만 이른 새벽에 단잠을 깨고 일어나는 것에 비하면 견딜 만했다. 게다가 온갖 감기와 독감을 예방하는 데 아주 뛰어난 효과를 발휘할 뿐만 아니라 눈에도 좋은 영양제였다.

이제 노인이 눈을 들어보니 군함새가 다시금 물 위를 맴돌고 있었다.

"녀석이 고기를 찾았구나." 그가 큰 소리로 말했다. 날치가 물 밖으로 튀어나오지도 않았고, 먹이가 될 만한 고기 떼도 흩어지지 않았다. 하지만 노인이 지켜보는 동안 조그만 다랑어 한 마리가 물을 차고 공중으로 올라갔다가 몸을 회전하여 머리를 아래로 향한 채 물속으로 곤두박질쳤다. 햇빛을 받아 은빛으로 반짝이던 다랑어가 물속으로 되돌아간 다음, 연이어 다른 다랑어들이 수면으로 올라와 온 방향으로 물을 차고 올라갔다. 물살을 일으키며 튀어나와서는 먹이를 쫓아 공중 높이 껑충 뛰어오르기를 계속했다. 다랑어들은 먹이를 둥글게 에워싼 채 쫓고 있었던 것이다.

녀석들이 너무 빠르게 움직이지만 않는다면, 녀석들 무리 안으로 끼어들 수 있을 텐데. 노인은 이런 생각을 하며, 다랑어 떼가 수면에 하얀 포말을 만드는 것을 지켜보았다. 다랑어 떼에 쫓겨 혼비백산 도망가다가 수면 쪽으로 올라온 고기 떼를 노리고 새는 이제 아래로 하강하여 물속에 부리를 처박기도 했다.

"새가 큰 도움이 되는군." 노인이 말했다. 바로 그때 배 뒤쪽으로 드리운 채 한 바퀴 둥그렇게 말아 발로 밟아 누르고 있던 낚싯줄이 팽팽해졌다. 그가 노를 내려놓고 낚싯줄을 단단하게 잡고는 이를 끌어올리기 시작하자 작은 다랑어가 펄떡이며 끌려 올라오지 않으려고 저항하는 것이 그의 손에 느껴졌다. 낚싯줄을 계속 끌어올리는 동안 다랑어의 펄떡임은 더욱 심해졌다. 이윽고 물속에서 고기의 푸른 등을 볼 수 있었으며, 녀석을 뱃전 너머로 힘껏 끌어올려 배 안으로 들이기 바로 직전에 금빛으로 번쩍이는 배도 볼 수 있었다. 녀석은 햇빛을 받으며 배 뒤쪽에 누워 있었다. 총알 모양의 옹골찬 고기였다. 배 뒤쪽에 누워 우둔한 표정의 커다란 눈을 멀뚱멀뚱 뜬 채, 녀석은 민첩하게 움직이는 날렵한 꼬리를 배바닥에 대고 빠르게 퍼덕여 부딪치면서 자신의 생명을 재촉하고 있었다. 노인은 녀석의 머리를 한 대 내리쳤는데, 이는 고통을 줄여주려는 마음에서였다. 그런 다음 아직도 몸을 떨고 있는 녀석을 발로 차서 뱃머리의 나무판 아래쪽 그늘진 공간으로 밀어 넣었다.

"날개다랑어로군." 그가 큰 소리로 중얼거렸다. "멋진 미끼가 되겠어. 10파운드는 나갈 거야."

언제부터인가 그는 혼자 있을 때 큰 소리로 중얼거리기 시작했는데, 그렇게 하기 시작한 것이 언제부터였는지는 기억하지 못했다. 아주 옛날에는 혼자 있을 때 노래를 하곤 했다. 그가 소형 어선이나 거북이잡이 배를 타고 일할 무렵이었다. 때때로 그의 당번 차례가 되어 혼자 배의 키를 잡고 주위를 살피는 동안 그는 노래를 하곤 했다. 혼자 있을 때 큰 소리로 이야기를 하기 시작한 건 아마도 소년이 떠난 이후인 것 같았다. 소년과 함께 고기를 잡을 때도 보통 꼭 필요할 때만 이야기를 나눴다. 그들은 주로 밤에, 또는 날씨가 나빠 폭풍우 때문에 꼼짝

못하게 되었을 때 이야기를 나눴다. 바다에서는 불필요한 말을 하지 않는 것이 미덕이라 여겨졌다. 노인도 항상 그렇게 생각했으며, 또한 이를 존중했다. 하지만 이제 그는 수도 없이 자신의 생각을 큰 소리에 담아 입 밖으로 표현하게 되었는데, 그런다고 해서 짜증을 낼 사람이 아무도 없기 때문이었다.

"누군가 내가 큰 소리로 혼자 중얼거리는 걸 들으면, 아마 미쳤다고 생각할 거야." 그가 큰 소리로 말했다. "하지만 난 미친 게 아니니까 누가 뭐라 하든 상관없어. 돈이 많은 친구들이야 배에 라디오를 설치해서 이야기를 듣기도 하고 또 야구 경기 중계를 즐기기도 하잖아."

지금은 야구에 신경을 쓸 겨를이 없지. 그가 생각했다. 이제 오로지 하나만 생각할 때야. 내가 한평생 천직이라 생각했던 그 일에 집중해야 할 때지. 저 다랑어 떼가 몰려 있는 곳 어딘가에 큼직한 녀석이 하나 있을지도 몰라. 노인이 생각을 이어갔다. 나는 지금 먹이를 찾던 다랑어 떼의 대열에서 뒤로 처진 녀석 하나를 낚았을 뿐이지. 하지만 녀석들은 빠르게 아주 멀리 가버렸어. 오늘 바닷물 위로 보이는 건 모두 너무도 재빨리 북동쪽으로 움직이고 있군. 시간이 벌써 그렇게 된 걸까? 아니면 내가 모르는 날씨의 변화 때문일까?

이제 그의 눈에는 해변임을 말해주는 녹색의 선이 보이지 않았다. 다만 눈이 덮여 있는 것 같은 푸른 언덕의 하얀 꼭대기만이 보일 뿐이었다. 그리고 그 언덕 위로 높다랗게 솟아 있는 눈 덮인 산처럼 보이는 구름이 보일 뿐이었다. 바다는 아주 어두운 빛이었으며, 햇빛이 물과 만나 무지갯빛을 연출하고 있었다. 무수한 플랑크톤이 만들어내던 얼룩들은 이제 높이 떠 있는 해의 빛에 가려져 보이지 않았다. 그리하여 이제 노인이 볼 수 있는 것이라고는 푸른 물 저 깊은 곳에서 아른거리는 엄청난 무지갯빛과 1마일* 깊이의 바닷물 속으로 곧게 드리워져 있는 낚싯줄뿐이었다.

어부들이 그 어종(魚種)에 속하는 온갖 고기들을 지칭할 때 한결같이 사용하는 이름인 다랑어, 판매를 할 때나 미끼로 서로 주고받을 때에만 유일하게 어부들 사이에서 제 이름으로 불리는 다랑어라는 이름의 고기들은 다시금 깊은 물속으로 들어가 버렸다. 이제 햇살은 몹시 따가웠고, 노인은 목덜미로 그처럼 따가운 햇빛이 내리쬐고 있음을 느꼈다. 그리고 노를 젓는 동안 등뒤로 땀이 흘러내리는 것이 느껴지기도 했다.

이대로 물 위를 떠다니는 것도 괜찮겠지. 그는 생각했다. 물 위를 떠다니면서 한잠 자는 것도 좋을 거야. 낚싯줄에 고리를 만들어 발가락에 끼워놓아 필요할 때 깨어날 수 있도록 해놓고 말이야. 하지만 오늘은 85일째가 되는 날이 아닌가. 오늘 하루는 제대로 뭔가를 낚아야지.

바로 그때 물 위로 나와 있던 초록색 막대기 가운데 하나가

*야드-파운드법의 거리 단위로 약 1.6킬로미터에 해당한다. 또한 1야드는 약 0.9미터, 1피트는 약 30센티미터이다.

갑자기 물속으로 잠기는 것이 낚싯줄을 지켜보던 노인의 눈에 띄었다.

"그래!" 노인이 말했다. "그래, 그거다!" 그는 배에 부딪치지 않도록 조심하여 노를 배 위로 올렸다. 그런 다음 낚싯줄 쪽으로 오른손을 뻗어, 엄지와 집게손가락 사이로 부드럽게 줄을 잡았다. 무언가가 당기는 힘이나 무게를 느낄 수 없었다. 줄이 가볍게 쥐어졌던 것이다. 그러다가 다시 반응이 왔다. 하지만 이번에는 잠시 당기는 듯하다 말았다. 당기는 느낌이 실팍하지도 않고 묵직하지도 않았던 것이다. 그는 이런 움직임이 정확히 무엇을 의미하는지 알았다. 100패덤 깊이에서 청새치가 낚싯바늘 끝 부분과 바늘의 굽은 부분에 끼어놓은 정어리를 먹고 있는 것이다. 바늘의 몸통을 감싸고 있는 조그만 다랑어의 머리 쪽으로는 손으로 직접 다듬어 만든 낚싯바늘이 삐죽 나와 있었는데, 거기에 끼어놓은 정어리에게 입질을 하고 있는 것이었다.

노인은 낚싯줄을 아주 조심스럽게 쥐고, 왼손으로 부드럽게 막대기에서 줄을 풀었다. 곧이어 손가락 사이로 줄이 지나가게 했다. 청새치가 아무런 상황 변화를 느끼지 않도록 조심스럽게.

이만큼이나 먼바다인데다 계절이 계절이니만큼 엄청나게 큰놈일 거야. 그가 계속 생각을 이어나갔다. 고기야, 먹어라 먹어. 제발 먹어주기 바란다. 얼마나 신선한 먹이냐, 어둡고 차가운 그곳 100패덤 깊이의 물 속에 있는 고기야. 어둠 속에서 다시 한 번 몸을 돌려 돌아와라. 제발 돌아와 먹어줘라.

그는 고기가 가볍고 미묘하게 줄을 끌어당기다가 좀 더 세게 줄을 잡아당기는 것을 느낄 수 있었다. 정어리 머리를 낚싯바늘에서 떼어내는 것이 몸통을 먹는 일보다 어려워서 그러는 게 틀림없었다. 그러고는 아무런 일도 일어나지 않았다.

"자, 자." 노인이 큰 소리로 외쳤다. "다시 한 번 몸을 돌려. 그리고 냄새를 한번 맡아봐. 정말로 먹음직스럽지 않니? 실컷 먹어라. 다 먹으면 그다음 먹거리로 다랑어가 준비되어 있거든. 단단하고 차가우며 맛이 기가 막힌 놈으로 말이다. 망설이지 말고 어서 먹어."

그는 엄지와 집게손가락 사이에 줄을 잡고 기다렸다. 그러는 동안, 잡고 있는 낚싯줄은 물론 다른 낚싯줄에서도 눈길을 떼지 않은 채 녀석이 위아래로 헤엄치고 있지 않나를 살펴보았다. 이윽고 다시금 줄을 끌어당기는 미묘한 입질을 느낄 수 있었다.

"녀석은 포기하지 않을 거야." 노인이 줄곧 큰 소리로 말했다. "하느님, 제발 녀석이 그걸 먹게 해주세요."

하지만 녀석은 더 이상 입질을 하지 않았다. 녀석은 가버렸으며, 노인의 손으로 전해지는 느낌은 아무것도 없었다.

"어찌 그냥 가버릴 수 있겠어." 그가 말을 이었다. "절대로 그냥 가버린 건 아닐 거야. 녀석은 지금 돌아오고 있는 중일 거야. 어쩌면 예전에 낚싯바늘에 걸렸던 적이 있었던 놈이라 뭔가 기억이 나서 그러는 지도 모르지."

기쁘게도, 곧이어 무언가가 부드럽게 낚싯줄을 건드리는 것을 느낄 수 있었다.

"한 바퀴 돌고 온 것일 뿐이야." 그는 이렇게 중얼거렸다. "이제 미끼를 물겠지."

무언가가 부드럽게 끌어당기는 것을 느끼자, 그의 마음은 더할 수 없이 즐거워졌다. 곧이어 강하게, 믿을 수 없을 정도로 묵직하게 무언가가 끌어당기는 것을 느낄 수 있었다. 이는 고기의 무게였다. 그는 낚싯줄을 계속 아래로, 아래로 풀어주었다. 마침내 두 다발의 예비 낚싯줄 다발 가운데 하나를 다 풀어 물속에 드리우게 되었다. 낚싯줄이 노인의 손가락 사이에서 가볍게 미끄러져 아래로 내려가는 동안 그가 엄지와 집게손가락으로 줄에 가한 압력은 거의 느낄 수 없을 정도로 약한 것이었지만, 그는 여전히 녀석의 엄청난 무게를 느낄 수 있었다.

"굉장한 놈이로군!" 그가 이렇게 말을 이었다. "지금 녀석이 미끼 조각을 비스듬히 입에 문 채 물러나고 있는 거야."

녀석이 곧 돌아와 그걸 삼키겠지. 노인은 속으로 이렇게 중얼거릴 뿐, 자신의 생각을 입 밖으로 내놓지 않았다. 무언가 좋은 일을 입 밖으로 내놓게 되면 그 일이 이루어지지 않을 수도 있음을 알고 있기 때문이었다. 그는 또한 녀석이 얼마나 큰 고기인지를 알고 있었다. 그는 녀석이 다랑어 조각을 가로로 입에 문 채 어둠 속에서 뒤로 물러나는 모습을 상상해보기도 했다. 바로 그 순간 녀석이 움직임을 멈췄다는 것이 느껴졌다. 하지만 낚싯줄을 통해 느껴지는 무게는 그대로였다. 곧 무게가 더해졌고, 이에 맞춰 그는 줄을 더 풀었다. 그는 잠깐 엄지와 집게손가락에 힘을 주었다. 줄을 통해 전해오는 무게가 더욱 커졌고, 녀석이 곧바로 아래를 향해 내려가고 있음을 느낄 수 있었다.

"드디어 녀석이 물었구나." 그가 말했다. "제대로 집어삼키도록 내버려두자."

그는 손가락 사이로 줄이 풀려 내려가도록 했다. 그리고 그 사이 왼손을 뻗어, 고기가 걸려든 낚싯줄에 걸어놓은 두 다발의 예비용 낚싯줄 끝에 다시 또 두 다발의 예비용 낚싯줄을 단단히 묶었다. 옆의 낚싯줄에 예비용으로 걸어놓았던 것들이었다. 이제 그는 만반의 준비를 갖춘 셈이었다. 그가 현재 풀어놓은 채 잡고 있는 예비용 낚싯줄에다가 40패덤짜리 낚싯줄 세 다발이 더 여분으로 연결되기 있기 때문이었다.

"조금만 더 먹어라." 그가 말했다. "제대로 집어삼키란 말이다."

낚싯바늘이 너의 심장으로 들어가 너를 죽이도록 집어삼키란 말이야. 그가 생각을 이어갔다. 자, 곱게 물 위로 올라와 내가 네 몸에 선사하는 작살을 받도록 해라. 좋다, 준비되었나? 식사는 충분히 했겠지?

"자, 이때다!" 그가 큰 소리로 외친 다음 양손으로 낚싯줄을 강하게 낚아채서 1야드 가량 끌어올렸다. 그리고 양팔을 번갈아 가며 앞뒤로 움직이되 양팔에 있는 힘이란 힘은 다 동원하여, 또한 좌우로 움직이는 몸의 무게를 고스란히 실어, 낚싯줄을 계속 되풀이해 낚아챘다.

하지만 그것으로 전부였다. 녀석은 천천히 몸을 움직여 노인에게서 멀어지려 할 뿐이었다. 노인은 단 한 치도 더 녀석을 끌어올릴 수 없었다. 그의 낚싯줄은 강했고, 거대한 고기를 잡기 위해 제작된 것이었다. 팽팽한 낚싯줄을 등 너머로 지나게 해서 줄의 장력(張力)을 등으로 감당하고자 했다. 마침내 줄이 말할 수 없이 팽팽해져 줄에서 물방울이 튀어나올 정도가 되었다. 이윽고 낚싯줄이 물속에서 느린 속도의 마찰음을 내기 시작했다. 노인은 여전히 줄을 잡고 버텼다. 노를 젓기 위해 앉아 있는 널빤지 위에 몸을 단단히 고정시키고는 반대 방향으로 몸을 젖힌 채 버텨보았다. 배가 천천히 북서쪽을 향해 움직이기 시작했다.

녀석은 한결같은 속도로 움직이고 있었다. 그렇게 해서 녀석과 함께 노인은 잔잔한 바다 위를 천천히 이동하게 되었다. 다른 미끼들은 여전히 물에 잠겨 있었지만, 별다른 반응을 보이지 않았다.

"아이가 곁에 있다면 좋으련만." 노인이 큰 소리로 말했다. "고기한테 끌려가고 있는 게 마치 끌려가는 배의 밧줄걸이 신세가 된 것 같군. 낚싯줄을 배에다 묶어둘 수도 있겠지만, 그러면 녀석이 줄을 끊고 도망갈 수도 있어. 버틸 수 있을 때까지 계속 붙들고 있어야 해. 그러다가 녀석이 원하면 줄을 더 풀어 줘야겠지. 아래로 내려가지 않고 옆으로 움직이는 것만으로도 천만다행이야."

녀석이 아래로 내려가려 한다면 어찌 해야 할까. 정말 모르겠다. 녀석이 더 깊은 곳으로 잠수해서 죽는다면 난 어찌해야 할까. 어찌해야 할지 모르겠다. 하지만 뭔가 방법이 있을 거야. 내가 동원할 수 있는 요령이 어디 한두 가지인가.

그는 낚싯줄이 당기는 힘을 등으로 감당한 채 그 줄이 비스듬히 물속에 잠겨 있는 것을 바라보았다. 배가 여전히 일정한 속도로 북서쪽을 향해 움직여가고 있는 것도 눈으로 확인했다.

이러다 보면 녀석은 죽고 말 거야. 노인은 이렇게 생각했다. 영원히 이렇게 배를 끌고 다닐 수야 없겠지. 하지만 네 시간이 지나서도 녀석은 여전히 배를 끌고 일정한 속도로 바다 한가운데로 헤엄쳐 갔다. 노인도 여전히 등을 가로질러 낚싯줄을 걸어놓은 채 견고하게 버티고 있었다.

"녀석이 낚시에 걸린 건 정오 무렵이었지." 노인이 말했다. "그런데도 아직 녀석의 모습을 볼 수가 없군."

고기가 낚시에 걸리기 전부터 그는 밀짚모자를 머리 위에 꾹 눌러쓰고 있었다. 이제 모자의 끝이 이마를 칼로 베듯 아프게 했다. 게다가 목도 말랐다. 그는 무릎을 꿇은 자세로 낚싯줄이 급격히 움직이지 않도록 조심하면서 뱃머리 쪽을 향해 가능한 한 가까이 몸을 움직여 가서는 한 손으로 물병을 잡았다. 물병의 뚜껑을 열고 물을 약간 마셨다. 그런 다음 뱃머리의 나무판에 몸을 의지하고 휴식을 취했다. 돛을 감은 채 내려놓은 돛대 위에 앉아 휴식을 취하는 동안 그는 단지 참고 버텨야 한다는 것 이외에는 생각하려 하지 않았다.

이윽고 그가 몸을 돌려 뒤를 바라보았다. 이제 더 이상 육지는 보이지 않았다. 아무려면 어때. 그가 생각했다. 어느 때고 아바나 항구에서 흘러나오는 불빛에 의지해서 육지로 돌아갈 수 있지 않은가. 해가 지기까지는 아직 두 시간이나 남아 있고, 그 전에 녀석은 물 위로 떠오를지도 몰라. 그러지 않는다면 달이 뜰 무렵에는 물 위로 올라올 거야. 만일 시간이 그렇게 지나도 때가 아니라면, 혹시 내일 새벽 해가 뜰 때 올라올지도 모르고 말야. 난 아직 저리거나 아픈 데도 없고, 힘이 넘치거든. 입에 낚싯바늘을 물고 있는 것은 녀석이지. 하지만 이처럼 배를 끌고 다니다니 정말로 대단한 녀석이야. 녀석은 낚싯줄을 입에 문 채 입을 꼭 닫고 있을 거야. 어떻게 생긴 녀석인지 한번 봤으면 좋겠는데. 내가 지금 힘을 겨루고 있는 녀석이 어떤 녀석인지 알 수 있도록 단 한순간만이라도 녀석을 볼 수 있다면 좋을 텐데.

녀석은 그날 밤이 새도록 한 번도 경로를 바꾸지도 않았고 방향을 바꾸지도 않았다. 인간이 별을 보고 어디에 있고 어디를 향해 가는지를 말할 수 있는 한도에서는 그랬다. 해가 지고 나자 추워졌고, 노인의 늙고 지친 등과 팔과 다리 위로 흘러내렸던 땀이 마르면서 노인의 몸에 그나마 남아 있는 온기를 빼앗아갔다. 해가 있는 동안 그는 미끼 상자를 덮어두었던 자루를 꺼내 햇볕에 마르도록 펼쳐놓았었다. 해가 지자 그는 그것을 목 주위를 감싸 묶고 그 자락을 등 위로 늘어뜨렸다. 그런 다음 어깨 너머 등에 걸쳐놓은 팽팽한 낚싯줄 아래쪽으로 조심스럽게 밀어 넣었다. 그렇게 하자 자루가 낚싯줄을 받쳐주게 되어 등이 눌리는 느낌이 덜해졌다. 그리고 뱃머리의 나무판에 의지하여 몸을 앞으로 숙여 거의 편안한 느낌이 드는 자세를 취할 수 있는 방법을 찾게 되었다. 사실을 말하자면, 그 자세는 견디기가 힘이 좀 덜 드는 것일 뿐이었다. 그래도 그는 그것이 편안한 것이나 다름없는 자세라 생각했다.

나도 녀석을 어쩌지 못하는 것처럼 녀석도 나를 어쩌지 못하지. 그가 생각을 멈추지 않았다. 녀석이 이처럼 뻗대는 한에는 말이야.

그는 한 번 일어서서 뱃전 너머로 소변을 본 다음, 별들을 올려다보고 자신이 어느 방향으로 가고 있는지를 확인했다. 그의 어깨 너머 등을 지나 물속으로 곧게 드리워진 낚싯줄이 마치 한 줄기의 인광(燐光)을 드리워놓은 것 같아 보이기도 했다. 이제 고기와 고기가 끌고 가는 배의 속도는 전보다 느려졌고, 아바나 항구의 불빛도 한결 희미해져 있었다. 항구의 불빛이 그처럼 희미해져 있는 것으로 보아 그는 조류가 자신과 고기를 동쪽으로 끌어가고 있음이 틀림없다 생각했다. 아바나 항구의 불빛이 보이지 않게 되면 우리가 좀 더 동쪽을 향해 가고 있는 것이 되겠지. 그는 이렇게 생각했다. 하지만 고기가 현재의 진로를 바꾸지 않는다면 앞으로도 몇 시간 동안은 더 불빛을 볼 수 있을 거야. 오늘 빅 리그의 야구 경기는 어떻게 되었을까. 그것이 궁금하기도 했다. 라디오가 있다면 정말 좋을 텐데. 이렇게 생각하다 그는 곧 생각을 바꿨다. 눈앞의 일만을 생각하자. 지금 하고 있는 일에 정신을 집중해야지. 멍청한 생각에 빠져들어서는 안 돼.

곧이어 그가 큰 소리로 이렇게 말했다. "아이가 곁에 있다면 좋으련만. 나를 돕기도 하고, 이걸 함께 볼 수도 있고 말이야."

늙어서는 누구도 혼자 있어서는 안 돼. 그가 생각을 이어갔다. 하지만 어쩔 수 없잖아. 아무튼, 다랑어가 상하기 전에 먹는 걸 잊지 말도록 하자. 계속 힘을 유지하기 위해서는 무언가 먹어야 하니까. 아무리 먹고 싶지 않더라도 아침이 되면 잊지 말고 다랑어를 먹자. 잊지 말고. 그가 속으로 다짐했다.

한밤에 참돌고래 두 마리가 배 주변으로 다가왔다. 노인은 참돌고래들이 몸을 뒹굴기도 하고 숨구멍으로 공기를 내뿜기도 하는 소리를 들을 수 있었다. 그는 수놈 참돌고래가 내는 소리와 암놈 참돌고래가 내는 한숨을 쉬는 듯한 소리까지도 구별할 수 있었다.

"좋은 녀석들이야." 노인이 말했다. "함께 놀며 장난을 하기도 하고 서로를 사랑하기도 하지. 날치가 그렇듯이 우리에겐 형제 같은 녀석들이지."

이윽고 노인은 자신의 낚싯줄에 걸린 커다란 고기가 불쌍하다 느끼기 시작했다. 참으로 멋지고 이상한 녀석이야. 녀석의 나이는 얼마나 될까. 노인이 생각을 이어갔다. 이처럼 힘이 센 고기를 만난 적은 한 번도 없었어. 그리고 이처럼 이상하게 행동하는 고기를 만난 적도 없었지. 어쩌면 너무 영리해서 물 밖으로 솟구쳐 오르지 않는지도 몰라. 녀석이 한 번 솟구쳐 오르거나 맹렬하게 돌진하는 것만으로도 난 물귀신이 될 수도 있을 거야. 하지만 어쩌면 녀석은 전에 여러 번 낚시에 걸렸었는지도 몰라. 그래서 이럴 때는 어떻게 싸워야 하는지 알고 있는지도 모르지. 녀석은 자신의 싸움 상대가 단지 한 사람이라는 걸, 그것도 노인이라는 걸 알 턱이 없겠지. 아무튼, 녀석은 얼마나 엄청나게 큰 고기일까? 녀석의 고기 질이 좋다면 시장에서 얼마나 값이 나갈까? 녀석은 수놈처럼 미끼를 물었고, 수놈처럼 배를 끌고 있어. 게다가 싸움을 하면서도 허둥대는 기색이 전혀 없군. 혹시 무언가 나름의 계획을 가지고 있는 것은 아닐까? 아니면 내가 지금 필사적이듯 녀석도 필사적인 것일까?

그는 한 쌍의 청새치 가운데 한 마리를 낚던 때를 기억해냈다. 청새치 수놈들은 항상 암놈들에게 먼저 먹이를 먹게 했다. 그날도 그랬다. 낚시에 걸린 암놈은 허둥대면서 미친 듯이 필사적으로 낚싯줄과 싸우다가 제풀에 지치고 말았다. 그러는 동

60

안 내내 수놈은 암놈 곁을 지켰다. 낚싯줄을 가로질러 지나가 기도 하고 암놈을 따라 수면을 맴돌기도 하면서 말이다. 수놈 이 어찌나 가까이 붙어 있는지 노인은 걱정이 되기도 했다. 낫 보다도 더 날카로운 데다가 크기나 형태가 낫과 거의 다를 바 없는 꼬리로 낚싯줄을 끊을 수도 있기 때문이었다. 노인이 암 놈을 갈고리로 찍어 잡아끈 다음 칼처럼 끝이 뾰족하고 사포(砂 布)처럼 가장자리가 우툴두툴한 청새치의 주둥이를 움켜쥔 채 방망이로 두들겨 팰 때까지, 피부 빛깔이 거의 거울 뒷면과 같 은 빛깔로 바뀔 때까지 정수리 쪽을 가로질러 두들겨 팰 때까 지, 마침내 소년의 도움을 받아 고기를 배 안으로 끌어들일 때 까지, 수놈은 배 옆을 떠나지 않았다. 이윽고 노인이 낚싯줄을 치우고 작살을 준비하는 동안, 수놈이 배 옆에서 공중 높이 뛰 어올랐다. 마치 암놈이 있는 곳을 보기 위해 그러는 것처럼 보 였다. 그런 다음 연보랏빛 날개와도 같은 가슴지느러미를 넓게 편 채, 그리하여 가슴지느러미를 수놓은 연보랏빛의 넓은 줄무 늬를 온통 드러낸 채 수놈이 물속으로 깊이 사라졌다. 녀석은 참으로 아름다웠어. 노인은 그 옛날을 회상했다. 끝까지 암놈 곁을 떠날 줄 몰랐지.

고기를 잡으면서 겪은 일 가운데 그처럼 날 슬프게 했던 건 없었어. 그가 생각을 계속 이어갔다. 아이도 몹시 슬퍼했고 말 이야. 우린 우리가 잡은 암놈에게 용서를 빌고는 즉시 처리를 했었지.

"아이가 곁에 있으면 좋으련만." 그가 큰 소리로 이렇게 말하고는 뱃머리 쪽의 모서리가 둥근 나무판에 몸을 의지했다. 그리고 어깨 너머로 걸쳐놓은 낚싯줄을 통해 엄청나게 큰 녀석의 힘을, 어디를 선택해서 가는지 모르지만 어딘가를 향해 일정한 속도로 배를 끌고 가고 있는 녀석의 강한 힘을 느꼈다.

일단 나의 계략에 걸려든 이상 녀석도 무언가 선택을 해야만 할거야. 노인이 생각에 잠겼다.

녀석이 선택한 것은 덫과 함정과 계략이 미치지 않는 아주 깊고 먼 어두운 물속에 머무르는 것이었어. 내가 선택한 것은 녀석을 찾기 위해 모든 이의 손길에서 벗어나 있는 그곳으로 손길을 뻗는 것이었고 말이야. 이 세상 누구의 손길도 미치지 않는 곳으로 손을 뻗어 녀석을 찾아내는 것이 내가 할 일이었지. 이제 우린 서로를 만나 한낮부터 계속 함께하고 있어. 너나 나나, 모두 다른 누구한테 도움을 청할 수 없는 처지로 말이야.

어쩌면 난 어부가 되지 말았어야 했는지도 몰라. 노인이 생각을 계속 이어갔다. 하지만 고기 잡는 게 내 팔자인지도 모르지. 날이 밝으면 잊지 말고 다랑어를 먹자.

날이 밝기 얼마 전에 무언가가 그의 뒤에 있는 낚싯줄의 미끼를 물었다. 막대기가 부러지는 소리가 노인의 귀에 들렸고, 뱃전 너머로 낚싯줄이 급속하게 풀려나가기 시작했다. 어둠 속에서 그는 칼집에 들어 있는 칼을 꺼낸 다음 녀석이 잡아당기는 힘을 온통 왼쪽 어깨로 받아 버틴 채 몸을 뒤로 젖혀 뱃전에 대고 줄을 끊었다. 곧이어 그와 가장 가까운 쪽에 있는 다른 낚싯줄도 끊었다. 그런 다음 그는 어둠 속에서 예비용 낚싯줄의 끝과 끝을 붙들어 맸다. 그는 한 손으로 능숙하게 이 일을 해냈다. 그리고 발을 낚싯줄 다발들 위에 올려놓고 이들이 움직이지 않도록 누른 채 매듭을 더욱 단단히 조였다. 이제 그는 여섯 다발의 예비용 낚싯줄을 확보하게 되었다. 방금 끊은 낚싯줄에 연결되어 있던 각각 두 다발의 줄과 고기가 물고 있는 낚싯줄에 미리 연결해놓은 두 다발의 줄이 모두 하나로 연결되어 있는 것이었다.

그는 이렇게 생각을 이어갔다. 날이 밝으면 40패덤 깊이로 드리워놓은 낚싯줄도 끊어버리고 거기 남은 예비용 낚싯줄 다발도 이 줄에 연결하도록 하자. 결국 200패덤의 길이가 넘는 카탈로니아 산(產)의 고급 낚싯줄에다가 낚싯바늘들과 목줄들을 잃는 셈이 되는군.* 그거야 새로 장만하면 되지. 하지만 다른 고기가 미끼를 물어 그걸 잡으려 하는 와중에 녀석이 줄을 끊고 가버린다면 무엇으로 녀석을 대신하겠어? 지금 막 미끼를 물었던 것은 어떤 고기일까. 어쩌면 청새치나 황새치였을 수도 있고 상어였을 수도 있겠지. 어떤 고기인지 느낄 겨를조차 없었어. 재빨리 줄을 끊어야 했으니까.

*앞서 125패덤과 75패덤 깊이에 드리웠던 낚싯줄을 끊었기 때문에 모두 200패덤 길이의 낚싯줄을 잃은 것이 된다. 카탈로니아는 스페인의 북동쪽 끝을 차지하는 지역으로, 프랑스와 국경을 마주하고 있다. 스페인의 자치령 가운데 하나로, 수도는 바르셀로나.

큰 소리로 그가 말했다. "아이가 곁에 있으면 좋으련만."

하지만 아이는 지금 내 곁에 없어. 그의 생각이 이어졌다. 있는 거라곤 나 자신뿐이지. 이제 마지막 낚싯줄이나 처리하는 게 좋겠다. 어둡든 어둡지 않든 말이야. 끊어버리고 여분의 예비용 낚싯줄 두 다발을 더 연결하도록 하자.

노인이 그렇게 했다. 어둠 속에서 그 일을 하기란 쉽지 않았다. 한 번은 녀석이 요동을 치면서 잡아끄는 바람에 얼굴을 배에 부딪혀 눈 아래쪽이 찢어졌다. 피가 그의 뺨을 타고 약간 흘렀다. 하지만 턱에 이르기 전에 피는 응고하여 말라버렸다. 일을 마친 다음 노인은 뱃머리 쪽으로 힘겹게 되돌아가 나무판에 몸을 의지하고 휴식을 취했다. 그는 목을 감싸 등으로 내려뜨린 자루의 매무새를 바로한 다음, 조심스럽게 낚싯줄을 움직여서 어깨를 누르고 있는 줄의 위치를 바꿨다. 낚싯줄의 위치를 바꾼 다음 그는 어깨에 낚싯줄을 멘 채 조심스럽게 줄의 당김을 가늠해보았고, 또 한 손을 물에 넣어 배의 진행 속도를 가늠해보기도 했다.

녀석이 요동을 쳤던 건 무엇 때문일까. 그의 생각이 계속 이어졌다. 목줄이 녀석의 엄청난 등을 스친 게 틀림없어. 그렇다고 해도 내 등이 아픈 것만큼 끔찍하게 아프지는 않았을 거야. 어쨌거나, 아무리 엄청나게 큰 놈이라고 해도, 이 배를 영원히 끌고 갈 수야 없겠지. 이제 걱정거리가 될 만한 것들은 모두 말끔히 정리해놓았고, 게다가 여분의 낚싯줄까지 충분히 확보해놓은 상태가 아닌가. 이제 만반의 준비를 갖춘 셈이 되었군.

"고기야." 그가 부드럽지만 큰 목소리로 이렇게 말했다. "난 말이다, 숨이 넘어갈 때까지 네 곁을 떠나지 않을 거다."

아마 녀석도 내 곁을 떠나지 않겠지. 노인은 이렇게 생각하며 어서 날이 밝아지기를 기다렸다. 아직 날이 밝기 전이라 추위가 대단했다. 그래서 그는 몸을 따뜻하게 할 요량으로 뱃전의 판자 쪽으로 몸을 밀어붙였다. 녀석이 버티는 만큼이야 나도 버틸 수 있지. 그가 생각했다. 날이 훤하게 밝아오기 시작할 무렵에 보니, 낚싯줄은 물 밖으로 많이 나온 상태로 잠겨 있었다. 배는 일정한 속도로 움직이고 있었고, 해가 빠끔 모습을 드러내자 햇살이 노인의 오른쪽 어깨 위로 내려와 앉았다.

"녀석이 북쪽을 향해 가고 있군." 노인이 말했다. 조류 때문에 동쪽으로 제법 멀리 밀려가게 되겠지. 녀석이 조류를 타야 할 텐데. 그건 녀석이 지쳤다는 것을 보여주는 증거일 테니까 말이야.

해가 한결 더 높이 떠올랐을 때 노인은 녀석이 지치지 않았다는 것을 확인하게 되었다. 일이 순조롭게 풀리는 징조가 하나 있기는 했다. 줄이 뻗어 있는 경사각으로 보아, 녀석은 지금 전보다 한결 깊이가 얕은 곳에서 움직이고 있었다. 그렇다고 해서 그것이 녀석이 꼭 물 위로 뛰어오르리라는 것을 뜻하지는 않았다. 하지만 그럴 가능성도 있었다.

"하느님, 녀석을 물 위로 뛰어오르게 해주세요." 노인이 말했다. "녀석을 다루기에 충분할 정도의 낚싯줄이 준비되어 있으니까요."

어쩌면 내가 약간 더 힘을 주어 잡아당기면 녀석이 그것 때문에 아픔을 느끼고 물 밖으로 뛰어오를지도 몰라. 그가 생각을 이어갔다. 이제 날이 밝았으니 녀석을 물 밖으로 뛰어오르게 하자. 그러면 등뼈를 따라 붙어 있는 부레*에 공기가 가득차게 될 것이고, 그렇게 되면 녀석은 죽더라도 물속 깊이 들어가 죽지는 못할 거야.

그는 줄을 좀 더 힘껏 잡아당겨보았다. 하지만 녀석이 미끼를 물고 난 다음부터 줄은 줄곧 언제 끊어질지 모를 정도로 팽팽했고, 이는 지금도 여전했다. 노인이 줄을 당기기 위해 몸을 뒤로 젖히는 순간 그는 거친 반항의 기운을 느꼈다. 이에 그는 더 이상 줄에 힘을 가해서는 안 된다는 것을 알게 되었다. 갑자기 줄을 잡아당겨서는 안 되지. 그가 생각했다. 그럴 때마다 낚싯바늘 때문에 녀석의 입에 생긴 상처가 커질 것이고, 그러면 물 위로 솟구쳐 올라왔을 때 낚싯바늘이 녀석의 입에서 떨어져 나갈지도 몰라. 아무튼, 해가 나오고 나니 이제 몸이 한결 편해졌고, 게다가 일단은 해를 똑바로 바라보지 않아도 되는 방향으로 가고 있지 않은가.

*고기의 몸 안에 있는 공기 주머니로, 물 위로 뜨거나 아래로 가라앉는 일을 맡아하는 기관. 호흡 기능과도 관련이 있음. 청새치의 경우, 여러 개의 공기 주머니로 이루어진 부레를 몸 안에 가지고 있는데, 몸을 바닷물 위로 띄울 수 있을 정도로 그 안에 많은 공기를 담을 수 있다.

낚싯줄에 노란색 해초가 걸려 있었다. 하지만 그것 때문에 배를 끌고 가는 일이 녀석에게 더욱 힘들어질 것이라 생각하자 오히려 마음이 편해졌다. 그것은 한밤에 그처럼 대단하게 인광을 뿜어내던 바로 그 노란색 해초였다.

"고기야." 노인이 말했다. "난 무척이나 널 사랑하고 존경한다. 하지만 오늘이 가기 전에 널 죽일 거야."

제발 그렇게 되기를! 그것이 그의 희망이었다.

조그만 새 한 마리가 북쪽에서 배를 향해 다가왔다. 녀석은 휘파람새로, 물 위로 아주 낮게 날았다. 노인은 새가 몹시 지쳐 있는 것을 알 수 있었다.

새가 배의 뒤쪽으로 내려와 앉았다. 곧이어 노인의 머리 주위를 맴돌다가, 좀 더 편하게 느껴질 법한 낚싯줄 위에 앉았다.

"넌 몇 살이나 됐니?" 노인이 새에게 물었다. "이게 너의 첫 나들이니?"

그가 말하는 동안 새가 그를 바라보았다. 새는 너무도 지쳐 있어서 낚싯줄이 앉기에 적당한 곳인가를 확인할 기력도 없는 것 같아 보였다. 새는 가냘픈 발로 낚싯줄을 꼭 움켜쥔 채 불안정하게 몸을 앞뒤로 까닥였다.

"끄떡없단다." 노인이 새에게 말했다. "너무 끄떡없어 걱정이야. 바람 한 점 없는 밤을 보냈는데 넌 왜 그처럼 지쳐 있니?

새들이 변했나? 약해지기라도 한 건 아닌지 모르겠군."

새들을 잡아먹기 위해 바다로 나와 맴도는 매들이 있지. 그의 생각이 거기에 미쳤다. 하지만 아무리 말해도 자신의 말을 이해하지 못할 새에게 이 말을 입 밖에 내지는 않았다. 게다가 머지않아 매들에 대해서는 저절로 알게 될 것이다.

"조그만 새야, 푹 쉬어라." 그가 말했다. "그런 다음 사람이나 새나 고기나 다 그러하듯 기회를 엿보다 행운이 오면 잡기 바란다."

한밤에 뻣뻣해진 등이 이제 정말로 아팠다. 말이라도 하면서 이를 잊지 않으면 견딜 수가 없었다.

"새야, 네 맘에 들면 내 집에 머물러 있어도 좋다. 지금 일고 있는 미풍에 돛을 걸고 너를 데려다주고 싶지만 그럴 수 없어 미안하구나. 하지만 나에겐 동행하는 친구가 있단다."

바로 그때 고기가 갑작스럽게 요동을 치며 낚싯줄을 잡아끄는 바람에 노인은 뱃머리 쪽으로 고꾸라졌다. 순간 몸을 추슬러 바로잡은 채 낚싯줄을 풀어주지 않았다면, 자칫 물속으로 끌려 들어갈 뻔했다.

낚싯줄이 갑자기 움직이자 새가 날아올랐고, 노인은 날아오른 새가 가버리는 것을 볼 수조차 없었다. 그는 오른손으로 조심스럽게 낚싯줄을 더듬어 살폈다. 그러다 바라보니, 손에서 피가 흐르고 있는 것이 눈에 띄었다.

"무언가가 녀석을 아프게 했나보군." 그가 큰 소리로 말하고는 고기의 진행 방향을 바꿀 수 있는지를 알아보기 위해 줄을 잡아당겨보았다. 하지만 지나치게 팽팽해져 끊어질 지경에 이르자 그는 줄을 단단히 잡은 채 줄의 장력을 현재 상태로 유지하는 선에서 멈췄다.

"고기야, 너도 이제 느끼고 있겠지." 그가 말했다. "그리고 말이다, 나도 확실히 느끼고 있단다."

이윽고 그가 새를 찾아 두리번거렸다. 친구가 그리웠기 때문이었다. 하지만 새는 가고 없었다.

얼마 쉬지도 못하고 가 버렸구나. 그가 다시 생각에 잠겼다. 하지만 바닷가에 이를 때까지 네가 지나가야 할 곳들은 이곳보다 더 험할 거야. 아무리 녀석이 그처럼 갑작스레 잡아당겼다고 해도 그렇지, 그것 때문에 상처까지 입다니. 내가 지금 아주 멍청해져 있는지도 몰라. 아니면, 작은 새를 바라보는 데 정신이 팔려 있었기 때문인지도. 자, 이제 내 앞의 일에 정신을 집중하기로 하자. 그리고 힘을 잃지 않기 위해 다랑어 고기를 먹어야겠다.

"아이가 곁에 있으면 좋으련만. 그리고 소금이라도 좀 있으면 좋겠군." 그가 큰 소리로 말했다.

오른쪽 어깨로 지탱하던 낚싯줄의 무게를 왼쪽 어깨로 바꾸고 나서 조심스럽게 무릎을 꿇은 다음, 그 자세로 그는 바닷물에 손을 닦았다. 손을 닦고 나서 그는 1분 이상을 물속에 손을 담근 채 피가 길게 자국을 남기면서 사라지는 것을 지켜보았다. 동시에 배가 움직이는 동안 바닷물이 한결같은 움직임으로 그의 손을 때리는 것을 지켜보기도 했다.

"녀석이 움직이는 게 한결 느려졌군." 그가 말했다.

노인은 좀 더 오래 바닷물에 손을 담고 있었으면 했다. 하지만 언제 녀석이 갑작스럽게 요동을 칠지 몰라 몸을 일으켜 세웠다. 그런 다음 발을 바닥에 단단히 고정시킨 자세로 햇빛에 손을 들어 살펴보았다. 상처는 낚싯줄에 쓸려 생긴 것일 뿐이었다. 하지만 상처가 생긴 곳은 작업을 할 때 낚싯줄이 닿는 부분이었다. 노인은 이번 일을 끝내기 위해서는 손을 제대로 사용할 수 있어야 한다는 것을 알고 있었다. 일을 시작하기도 전에 손에 상처를 입히고 싶지는 않았다.

"자, 이젠 조그만 다랑어가 선사하는 고기를 좀 먹기로 하자." 손의 물기가 다 말랐을 때 그가 말했다. "갈고리로 끌어다가 이 자리에서 편한 자세로 먹을 수 있겠군."

그는 무릎을 꿇고 배의 뒤쪽 나무판 아래에 있던 다랑어를 찾아 갈고리로 찍어 낚싯줄 다발에 걸리 않게 조심하여 그의 앞으로 끌어왔다. 다시금 낚싯줄을 왼쪽 어깨에 짊어진 채 왼쪽 팔과 손으로 몸을 지탱한 다음 갈고리에서 다랑어를 빼냈다. 그런 다음 갈고리를 원래의 자리로 돌려놓았다. 노인은 고기를 무릎으로 누른 채 머리 아래쪽에서 시작하여 꼬리가 있는 곳까지 검붉은 빛이 감도는 고기의 살점에 세로로 길게 칼집을 냈다. 그리고 쐐기 모양으로 칼집을 낸 고기 살점들을 등뼈 바로 위쪽에서 시작하여 배 가장자리까지 따라가며 발라냈다. 이어서 발라낸 살점을 여섯 조각으로 자른 다음 뱃머리의 나무판 위에 이것들을 펼쳐놓았다. 곧이어 칼을 바지에 닦고는 뼈만 남은 다랑어를 꼬리로 들어 뱃전 너머로 던졌다.

"이걸 통째로 먹을 수는 없을 것 같군." 그가 말했다. 그리고 잘라놓은 고기 살점 하나를 칼로 토막냈다. 낚싯줄이 줄기차게 그의 어깨를 강하게 누르고 있었고, 왼쪽 손에 경련이 이는 것이 느껴졌다. 무거운 낚싯줄을 잡은 손이 오그라들고 있었다. 노인은 그런 왼쪽 손을 정나미가 떨어진다는 듯한 표정으로 바라보았다.

"참으로 대단하고 잘난 손이로군." 그가 말을 이었다. "그깟 일로 경련을 일으키니 말이야. 경련으로 독수리 발톱처럼 오그라들든 말든, 알아서 하라지, 뭐. 그래 봐야 너한테 좋을 거 하나도 없다."

자, 자, 좀 진정해라. 그가 생각을 이어가며, 낚싯줄이 비스듬히 드리워져 있는 바닷물 속을 들여다보았다. 자, 이젠 먹자. 먹어야 손에 힘도 생기지 않겠는가. 손이 경련에 시달리는 건 손의 잘못이 아니지. 노인 양반, 자네가 고기하고 벌써 얼마나 오랜 시간 겨루고 있는가, 알고 있지? 하지만 말이야, 자넨 언제까지나 녀석하고 겨루게 될지도 몰라. 자, 이젠 다랑어 고기를 먹게.

노인은 살점 한 조각을 들어 입에 넣었다. 그리고 천천히 씹었다. 씹히는 맛이 불쾌하지는 않았다.

잘 씹어 먹어야지. 그가 생각했다. 그리고 안에 있는 양분을 하나도 남기지 말고 섭취해야지. 라임이나 레몬, 소금이라도 약간 있으면 금상첨화겠지만 말이야.

"손아, 기분은 좀 어떠니?" 그는 경련으로 인해 거의 시체처럼 뻣뻣해진 손을 향해 물었다. 그리고 말했다. "난 지금 널 위해 좀 더 먹을 거다."

그는 두 조각으로 잘라놓은 고기의 살점 가운데 남은 한 점을 더 먹었다. 그는 조심스럽게 씹고는 껍질을 뱉어냈다.

"손아, 이젠 좀 어떠냐? 아직 기운을 차리기엔 이르니?"

그는 한 점을 더 집어 자르지 않은 채 통째로 입에 넣고 씹었다.

"다랑어는 참 혈기가 넘치는 강한 고기야." 그가 생각을 멈추지 않았다. "만새기를 낚는 대신 다랑어를 낚은 것도 행운이라면 행운이지. 만새기 고기는 너무 달아. 이 녀석은 단맛이 거의 없는 데다가 여전히 온갖 힘이 그 안에 있는 게 느껴지는군."

그래도 여전히 현실적으로 문제가 되는 걸 도외시할 수는 없지. 그는 생각을 멈추지 않았다. 당장 필요한 건 소금이야. 그리고 말이야, 해 때문에 저기 남겨놓은 고기조각들이 상할지 마를지 알 수 없는 걸. 그러니 배가 고프지는 않지만 저기 있는 것들을 다 먹어 치우는 게 좋겠군. 녀석은 아직 흔들림 없이 침착해. 이걸 다 먹고 싸울 준비를 하자.

"손아, 참아라, 조금만 더 참아." 그가 말했다. "이게 다 널 위한 일이야."

고기한테도 먹을 걸 좀 줄 수 있으면 좋을 텐데. 그가 생각을 이어갔다. 녀석은 내 형제야. 하지만 난 녀석을 죽여야 하고, 그 일을 해낼 힘이 필요해. 천천히, 그리고 성심을 다하여 그는 쐐기 모양의 고기 조각을 모두 먹어 치웠다.

그는 몸을 펴고 바지에 손을 닦았다.

"자, 왼팔아." 그가 말을 이었다. "넌 이제 줄을 놓고 쉬어도 좋다. 네가 그처럼 투정을 부리는 걸 그만둘 때까지 말이다, 오른팔한테 녀석을 혼자 감당하도록 하지, 뭐." 그는 왼손이 잡고 있던 무거운 낚싯줄을 왼발로 밟고는 자신의 등을 짓누르는 줄의 장력을 견디면서 등을 바닥에 기댄 채 몸을 눕혔다.

"하느님, 제발 경련이 사라지게 도와주세요." 그가 말을 이었다. "고기가 어떤 짓을 할지 몰라 드리는 말씀입니다."

하지만 녀석은 침착했다. 그것이 노인의 생각이었다. 그리고 자신의 계획대로 움직이는 것 같았다. 그런데 도대체 녀석의 계획은 무엇일까? 그는 생각을 계속 이어갔다. 그리고 나의 계획은 무엇인가. 난 내 계획을 녀석의 계획에 맞춰 그때그때 바꿔야 해. 워낙 엄청나게 큰 녀석이니 어쩔 도리가 없지. 어쩌다 녀석이 물 밖으로 솟구쳐 오르면, 녀석의 숨통을 끊을 수 있을 거야. 하지만 이 녀석, 언제까지나 몸을 웅크린 채 버틸 심산이로군. 그렇다면 나도 녀석과 마찬가지로 영원히 몸을 웅크린 채 버티지, 뭐.

　노인은 경련으로 인해 오그라든 손을 바지에 대고 문질러서 굽은 손가락을 펴보려 했다. 하지만 도무지 펴지지가 않았다. 혹시 햇볕을 쬐면 펴질지도 모르지. 그가 생각을 이어갔다. 아니, 혹시 지금 먹은 든든한 날 다랑어 고기가 소화되면 저절로 펴지지 않을까? 손을 써야만 할 때가 되면, 무슨 수를 써서라도 손을 펴야지. 하지만 지금 강제로 펴고 싶지는 않아. 저절로 펴지도록 내버려두자. 알아서 자연스럽게 펴지겠지, 뭐. 따지고 보면, 이런저런 낚싯줄을 자르거나 묶는 일로 지난밤에 손을 너무 학대했어.

　노인은 바다를 가로질러 눈길을 주고는 이제 자신이 완전히 혼자임을 새삼 깨달았다. 하지만 그는 혼자인가? 그의 눈앞에는 깊고 검은 바다에서 일어나는 빛의 프리즘 현상이, 그의 앞으로 드리워진 낚싯줄이, 그리고 조용한 바다에 일고 있는 묘한 파동이 펼쳐져 있었다. 그리고 이제 무역풍 때문에 구름이 뭉게뭉게 피어오르고 있었고, 앞쪽으로 시선을 향하자 야생오리 떼가 물 위를 날고 있는 것이 보였다. 야생오리 떼는 하늘에 새겨놓은 듯이 분명한 선을 그리다 흐릿해졌고 이내 다시 선명한 선을 이루며 바다 위를 날아갔다. 그리하여 그는 인간은 누구도 바다에서 혼자인 적이 없었음을 문득 깨달았다.

　그는 조그만 배를 타고 가다가 육지가 보이지 않을까봐 겁을 먹는 사람들이 있다는 데 생각이 미쳤다. 갑작스럽게 기후가 나빠지는 계절에는 그처럼 겁을 먹는 것이 당연하다는 것을 그도 알고 있었다. 하지만 지금은 허리케인의 계절이다. 허리케인이 몰아치지 않을 때는 1년 중 허리케인의 계절만큼 날씨가 좋을 때도 없다.

바다에 나가 있는 경우, 허리케인이 다가오면 항상 며칠 전부터 하늘에서 그 징조를 볼 수 있게 마련이다. 육지에서 생활하는 사람들은 그것을 볼 수가 없는데, 무엇을 주의해서 봐야 할지 알지 못하기 때문이라는 것이 그의 생각이었다. 육지가 구름의 형태에 영향을 미치기 때문이기도 할거야. 아무튼, 지금은 허리케인이 불어 닥칠 기미가 보이지 않아.

하늘을 올려다보니 흰 뭉게구름이 푸근한 느낌의 아이스크림 더미를 쌓아놓은 것처럼 피어오르고 있었다. 그리고 그보다 더 높은 곳에는 엷은 새털구름이 드높은 9월의 하늘을 배경으로 떠 있었다.

"가벼운 브리사*로군." 그가 말했다. "고기야, 날씨가 너보다는 나한테 더 유리한 것 같구나."

왼손의 경련이 아직 풀리지 않았지만, 천천히 상태가 좋아져가고 있었다.

경련이 이는 건 딱 질색이야. 그가 생각을 이어갔다. 그건 내 몸이 나한테 거는 계략이나 다름없어. 사람들이 보는 앞에

*스페인어로 미풍, 산들바람을 가리키는 표현.

노인과 바다 75

서 부패한 단백질 때문에 설사를 하거나 토하게 되면 남들에게 창피하다 느끼게 마련이야. 하지만 경련은, 특히 혼자 있을 때 이는 경련은 자기 자신에게 창피하다 느끼게 하지. 그가 칼람 브레*라는 말로 알고 있는 경련에 대해 생각을 이어갔다.

만일 아이가 함께 있으면 팔뚝에서부터 주물러 경련을 풀어 줬을 거야. 그가 생각을 계속 멈추지 않았다. 하지만 곧 풀리 겠지.

그 순간 노인은 오른손에 쥐고 있는 낚싯줄의 당기는 힘이 달라지는 것을 느꼈고, 곧이어 물속에 드리워진 낚싯줄의 경사 각이 바뀌는 것을 보았다. 그것을 바라보며 그는 낚싯줄에 몸 을 기댄 채 왼손을 자신의 허벅지에 대고 강하고 빠르게 쳤다. 바로 그때 경사각을 이룬 채 드리워져 있던 낚싯줄이 천천히 위로 올라오는 것이 보였다.

"드디어 올라오는군." 그가 말했다. "손아, 어서 정신 차려 라. 제발 정신 좀 차려."

낚싯줄은 천천히 일정한 속도로 올라왔다. 이윽고 배의 앞 쪽에서 바다의 표면이 불룩해지더니 마침내 고기가 모습을 드 러냈다. 녀석은 멈추지 않고 계속 올라왔으며, 그의 등 양쪽으 로 물이 쏟아져 내렸다. 녀석의 몸은 햇빛을 받아 번들번들 빛 을 반사하고 있었으며, 머리와 등 부분은 짙은 보랏빛을 띠고

---

*스페인어로 '경련'을 뜻하는 단어.

있었다. 햇빛에 모습을 드러낸 몸 양쪽 가슴지느러미의 줄무늬들은 연보랏빛을 띠고 있었으며 폭이 넓었다. 녀석의 주둥이는 야구 방망이만큼이나 길었고, 양날의 결투용 칼처럼 끝이 뾰족했다. 녀석은 머리에서 꼬리까지 몸 전체를 물 밖으로 드러냈다가, 잠수부처럼 침착하게 다시 물속으로 들어갔다. 노인은 거대한 낫 모양을 한 녀석의 꼬리가 물속으로 잠기는 것을 보았다. 곧이어 낚싯줄이 빠르게 풀려나가기 시작했다.

"녀석은 이 낚싯배보다 2피트나 더 길어." 노인이 이렇게 중얼거렸다. 줄이 빠르고도 일정한 속도로 풀려나갔으며, 고기는 전혀 당황하는 기색을 보이지 않았다. 노인은 양손을 사용하여 끊어지기 직전의 상태에 이를 만큼 팽팽하게 낚싯줄의 장력을 유지하려 애를 썼다. 만일 일정한 압력을 가하여 고기의 속도를 늦추지 못한다면 녀석이 낚싯줄을 남기지 않고 다 끌고 간 다음 마침내 이를 끊어버리고 말 것임을 그는 잘 알고 있었다.

정말 굉장한 고기야. 하지만 나도 만만한 상대는 아니라는 확신을 심어줘야 해. 그가 생각을 이어갔다. 자신이 얼마나 강한 존재인가를 녀석이 알아서도 안 되고, 제 고집대로 하는 경우 어떤 일을 할 수 있는가를 알게 해서도 안 돼. 내가 녀석이라면 모든 걸 다 걸고 결판이 날 때까지 한번 해볼 텐데. 하지만 고맙게도 녀석들은 녀석들을 죽이는 우리만큼 영리하지는 않아. 비록 우리보다 더 품위가 있고 더 능력이 있지만 말이야.

노인은 그동안 거대한 고기를 수도 없이 봤다. 1천 파운드가 넘는 고기도 많이 봤고, 일생 동안 그와 같은 크기의 고기를 두 마리나 잡기도 했다. 하지만 혼자 그런 고기를 잡았던 적은 한 번도 없었다. 지금은 혼자인 데다가 육지도 보이지 않았다. 그런 상태에서 그는 자신이 일찍이 눈으로 확인했던 그 어떤 고기보다 거대한 녀석, 자신이 일찍이 귀를 통해 들어본 적이 없는 정말로 거대한 녀석과 바짝 겨루고 있는 것이었다. 그의 왼손은 움켜쥔 독수리의 갈고리 발톱처럼 뻣뻣하게 오그라들어 아직도 펴지지가 않았다.

하지만 곧 풀리겠지, 뭐. 그가 생각했다. 분명히 곧 정상이 되어 오른손을 도와줄 거야. 지금 나한테 내 형제 같이 느껴지는 게 셋 있지. 고기가 그 하나이고, 내 두 손이 나머지 둘이야. 어서 빨리 회복해야만 해. 경련에 굴복하다니, 내 손에 어울리는 일이 아니지. 이제 고기의 움직임이 다시 느려져, 여느 때와 마찬가지 속도로 가고 있었다.

무엇 때문에 녀석이 물 위로 올라왔던 것일까. 노인이 생각을 이어갔다. 마치 자신이 얼마나 대단한가를 나한테 보여주기라도 하듯 녀석은 물 위로 올라왔었지. 아무튼, 이젠 녀석이 얼마나 대단한가를 알게 되었군. 나도 내가 어떤 사람인가를 녀석한테 보여줄 수 있다면 좋을 텐데. 하지만 그렇게 하면 경련으로 오그라든 내 손을 볼지도 몰라. 나는 녀석에게 내가 현재의 나보다 더 대단한 존재라고 생각하게 해야 해. 그리고 난 그런 존재가 될 거야. 아, 내가 고기라면 얼마나 좋을까. 그의 생각이 계속 이어졌다. 아, 내가 저 녀석이라면 얼마나 좋을까. 모든 것을 갖춘 채, 의지와 지능밖에 없는 나와 겨루고 있는 저 녀석이 나라면!

노인은 뱃전에 몸을 기대고 편안한 자세로 자리를 잡고 앉아, 손에서 느껴지는 고통을 참고 견뎠다. 고기는 일정한 속도로 헤엄쳐 가고 있었으며, 배 역시 검은 물을 가르고 천천히 움직이고 있었다. 동쪽에서 바람이 불자 바다에는 잔물결이 일었다. 한낮이 되자 노인의 왼손은 마침내 경련에서 벗어나게 되었다.

"고기야, 이게 너한텐 좋지 않은 소식이 되겠구나." 그렇게 말하면서 그가 어깨를 감싼 자루 위를 지나는 낚싯줄의 위치를 바꿨다.

편한 자세이긴 했지만 몸의 고통은 여전했다. 하지만 몸이 고통스럽다는 사실을 그는 조금도 인정하려 하지 않았다.

"난 신앙심하곤 거리가 먼 사람이긴 해." 그가 말했다. "하지만 이 고기를 잡게만 해주신다면 주기도문을 열 번이라도 외고 성모송을 열 번이라도 부르겠어. 녀석을 잡기만 한다면 맹세코 코브레의 성모님께 참배도 하러 갈 거야. 맹세코 꼭 그렇게 할 거야."

노인이 기계적으로 기도문을 읊조리기 시작했다. 때때로 너무 지쳐 있을 때는 기도문이 잘 생각나지 않기도 했다. 그럴 때 아주 빠르게 외우면 기도문이 자동적으로 흘러나오기도 했다.

성모송은 주기도문보다 읊기가 쉬워. 그것이 그의 생각이기도 했다.

"은총이 가득하신 마리아님, 기뻐하소서! 주님께서 함께 계시니 여인 중에 복되시며, 태중의 아들 예수님 또한 복되시나이다. 천주의 성모 마리아님, 이제와 저희 죽을 때에 저희 죄인을 위하여 빌어주소서. 아멘." 이어서 그가 한마디 덧붙여 말했다. "거룩하신 성모 마리아님, 이 고기에게 죽음이 내리도록 빌어주소서. 비록 멋진 녀석이긴 합니다만 말입니다."

이렇게 기도의 말을 읊조리자 기분이 한결 나아지긴 했지만, 고통은 여전했다. 아니, 어쩌면 더 커진 것도 같았다. 그런 상태로 그는 뱃머리의 나무판에 몸을 기댄 채 기계적으로 왼손의 손가락들을 움직이기 시작했다.

미풍이 부드럽게 불고 있긴 했으나, 이제는 햇볕이 몹시 따가웠다.

"배 뒤편에 있는 작은 낚싯줄에 미끼를 다시 끼는 게 좋겠군." 그가 말했다. "만일 녀석이 하룻밤 더 버티기로 작정한다면, 내게도 뭔가 먹을 게 있어야 할 테니까 말이야. 게다가 병에 물도 조금밖에 남아 있지 않고. 그런데 이 근처에선 만새기를 빼면 낚을 게 없을 것 같군. 하지만 충분히 싱싱할 때 먹으면 그리 나쁘진 않을 거야. 오늘밤 어쩌다 날치가 배 위로 올라와주면 좋으련만. 하지만 날치를 유인할 불빛이 없어. 날로 먹기에는 날치만큼 괜찮은 고기가 없지. 게다가 칼질을 따로 할 필요도 없고 말이야. 이젠 가능한 한 모든 힘을 비축해야만 해. 맙소사, 그처럼 엄청나게 큰 녀석일 줄이야."

"하지만 난 녀석을 죽일 거야." 노인이 말을 이었다. "아무리 위대하고 아무리 영광스런 존재라 해도 말이야."

그렇게 하는 것이 공정한 처사는 아니겠지. 노인이 생각을 계속 이어갔다. 하지만 난 녀석에게 인간이 할 수 있는 일이 뭔지를, 그리고 인간이 견뎌낼 수 있는 것이 뭔지를 보여주고 싶어.

"아이한테 말한 적이 있지, 난 괴짜 늙은이라고." 그가 말했다. "지금이 바로 그걸 증명해 보일 때야."

이제껏 수도 없이 이를 증명해 보이긴 했지만, 그것은 이미 아무런 의미도 갖지 못했다. 이제 다시 그는 이를 증명해 보이려 하고 있었다. 매번 현재의 순간이 새로운 기회의 순간이었고, 새로운 기회의 순간이 올 때마다 그는 과거를 잊고 현재에만 몰두했다.

녀석이 잠을 자면 좋으련만. 그러면 나도 잘 수 있고, 꿈속에서 다시 사자 떼를 볼 수도 있을 텐데. 노인의 생각이 이어졌다. 사자 떼만이 기억 속에 남아 그처럼 자주 꿈에 등장하는 이유는 뭘까? 이봐, 노인 양반, 생각하지 말게. 그가 자신을 타일렀다. 아무것도 생각하지 말고 나무판에 기대어 달콤한 휴식이나 즐기란 말이야. 일은 지금 녀석이 하고 있지 않은가. 자넨 가능한 한 생각하는 일조차 그만두고 쉬어야 해.

어느덧 시간이 오후로 접어들었고, 배는 여전히 일정한 속도로 천천히 움직이고 있었다. 하지만 동쪽에서 불어오는 미풍이 배를 끌고 있는 고기에게 그만큼 더 부담이 되고 있었다. 노인의 몸은 잔물결로 인해 마치 말을 탄 듯 가볍게 흔들렸으며, 이로 인해 등을 가로질러 지나가는 낚싯줄이 전하는 통증은 그만큼 더 쉽게 거침없이 그에게 전달되었다.

시간이 완전히 오후로 바뀐 다음, 줄이 다시 위로 올라오기 시작했다. 하지만 고기는 전보다 약간 높은 위치에서 헤엄을 계속할 뿐이었다. 이제 해는 노인의 왼팔과 어깨와 등을 비추고 있었다. 이를 통해 그는 고기가 북동쪽을 향해 가고 있음을 알 수 있었다.

고기와 한 번 맞대면을 한 관계로, 이제 노인은 고기가 보랏빛 가슴지느러미를 날개처럼 넓게 편 채 엄청나게 커다란 꼬리로 어둠 속의 물을 가르며 헤엄치고 있는 모습을 생생하게 그려볼 수 있었다. 그처럼 깊은 어둠 속에서 녀석이 눈으로 볼 수 있는 건 얼마나 될까? 노인의 마음에 궁금증이 일었다. 녀석의 눈은 엄청나게 컸어. 녀석의 눈보다 한결 작은 눈을 갖고 있지만 말[馬]은 어둠 속에서 모든 사물을 아주 잘 분간하지. 나도 한때는 주위가 어둡더라도 아주 잘 볼 수 있었어. 완전히 깜깜한 어둠 속에서는 아니지만 말이야. 하지만 거의 고양이만큼이나 눈이 밝았지.

햇볕 때문이기도 하지만 손가락을 끊임없이 움직였기 때문에 이제 그의 왼손을 괴롭히던 경련은 완전히 사라졌다. 이에 노인은 팽팽한 낚싯줄이 가하는 압력을 좀 더 왼손에게 떠넘기기 시작했다. 그리고 낚싯줄을 움직여 고통을 당하고 있는 부위를 약간이라도 바꿀 생각으로 등의 근육을 움츠려보기도 했다.

"고기야, 만일 네가 지치지 않았다면, 틀림없이 넌 대단한 괴짜 녀석일 거야." 그가 큰 소리로 말했다.

그는 이제 아주 지쳐 있었으며, 밤이 곧 다시 찾아오리라는 것을 알고 있었다. 그는 다른 일들을 마음속에 떠올려보려 했다. 빅 리그가 떠올랐다. 그에게 빅 리그는 '그란 리가스'*였다. 그는 뉴욕 양키스가 디트로이트 타이거스와 경기를 한다는 것을 알고 있었다.

후에고**의 결과를 모르고 지나가는 게 벌써 이틀째나 되는군. 그가 생각에 잠겼다. 하지만 이길 거라는 자신감을 잃어서는 안 돼. 자신감을 잃는다면, 발뒤꿈치의 본 스퍼*** 때문에 통증을 느끼면서도 모든 일을 완벽하게 해내는 저 위대한 선수 디마지오한테 도리가 아니지. 그건 그렇고, 발뒤꿈치의 본 스퍼라니, 그게 뭐지? 그가 이렇게 자문했다. 그걸 우리 스페인말로는 '운 에스뿌엘라 데 우에소'****라 하더군. 아무튼, 우리네한텐 그런 증상이 없어 모르지만 말이야. 그건 쌈닭의 쇠

---

*그란 리가스(Gran Ligas). 스페인어 표현으로 '빅 리그'를 말한다.
**놀이, 경기라는 뜻의 스페인어 표현.
***'본 스퍼(bone spur, 전문 용어로 osteophyte)'는 관절 주위의 뼈가 자라서 튀어나오는 이상 현상을 가리키는 말로, 이 현상이 일어나는 경우 튀어나온 뼈 부위가 다른 뼈나 살에 부딪히거나 이를 눌러 통증을 유발할 수 있다.

발톱만큼이나 발뒤꿈치를 고통스럽게 하는 걸까? 나라면 그걸 참고 견딜 수 있을 것 같지 않아. 한쪽 눈을 잃고 다른 한쪽 눈마저 잃을 정도로 끝장을 볼 때까지 싸움을 계속하는 쌈닭처럼 싸우지는 못할 거야. 인간은 엄청나게 강한 새들과 짐승들에 비하면 별로 대단한 존재라 할 수 없어. 그렇긴 하지만 여전히 난 저 아래 깊은 어둠 속에 있는 녀석처럼 강했으면 좋겠어.

"상어가 공격해오지만 않는다면 말이야." 그가 큰 소리로 말을 이었다. "어쩌다 상어가 공격해 오면, 맙소사, 녀석이든 나든 끝장나는 거지."

지금 내가 이 녀석을 상대로 버티고자 하는 것만큼이나 오랜 동안 위대한 선수 디마지오가 녀석을 상대로 버틸 수 있을까? 그의 생각이 이어졌다. 틀림없이 내가 버티는 것만큼, 아니, 그 이상으로 잘 버틸 거야. 그야 젊고 힘이 넘치는 친구 아닌가. 게다가 그의 아버지도 어부였다지. 아무튼, 발뒤꿈치의 본 스퍼가 얼마나 견딜 수 없을 만큼 큰 고통을 그에게 안겨주는 걸까?

****'운 에스뿌엘라 데 우에소'(un espuela de hueso)는 '어 본 스퍼'(a bone spur)의 스페인어 표현. 여기에 사용된 'hueso'라는 단어는 영어의 'bone'이라는 단어와 마찬가지로 '뼈'를 뜻한다. 한편, 'espuela'와 'spur'는 '걷어차다'의 의미를 갖는 고트어 'spaura'를 동일 어원으로 하는 단어임. 이에 따라 'espuela'와 'spur'는 말을 타는 사람의 신발 뒤에 붙이는 '박차'를 뜻하기도 하며, 쌈닭의 발뒤꿈치에 끼우는 뾰족하고 날카로운 '쇠발톱'을 뜻하기도 한다. 노인은 생각을 이어가는 과정에 바로 이 쌈닭의 쇠발톱을 떠올리기도 한다. 아무튼, 본 스퍼는 발뒤꿈치 뼈의 관절에만 생기는 이상 현상이 아니라, 다른 부위의 관절에도 생길 수 있다.

"나야 알 수 없지." 그가 큰 소리로 말했다. "본 스퍼 때문에 고생해본 적이 없으니까 말이야."

해가 지자 그는 자신의 마음에 더욱 강한 자신감을 심어주기 위해 카사블랑카*의 주점에서 있었던 일을 기억에 떠올렸다. 그는 언젠가 그 주점에서 시엔푸에고스** 출신의 흑인 친구와 팔씨름을 한 적이 있었다. 엄청난 덩치의 그 친구는 그곳 부두에서 가장 힘이 센 것으로 통했다. 그들은 분필로 선을 그어놓은 나무 탁자 위에 팔꿈치를 올려놓고는 팔뚝을 곧게 세운 다음 서로의 손을 단단하게 쥐었다. 그런 자세로 하루 낮과 밤을 이어서 팔씨름을 했던 것이다. 서로가 상대의 손을 탁자에 눕히려고 안간힘을 썼다. 내기에 걸린 돈도 꽤 컸고, 시합이 있던 방, 그러니까 석유등이 여럿 걸려 있는 방을 사람들이 계속 들락날락했다. 바로 그 방에서 그는 팔씨름을 하고 있는 상대의 팔뚝과 손에, 그의 얼굴에 눈길을 집중하고 있었다. 처음 여덟 시간이 지난 다음부터는 네 시간마다 심판을 계속 바꿔야 했는데, 이는 심판들에게 잠을 잘 수 있게 하기 위해서였다. 서로의 손톱이 박힌 그와 그 친구의 손에서 피가 스며 나와 흘렀고, 그들은 서로의 눈을, 그리고 손과 팔뚝을 노려봤다. 내기에 돈을 건 사람들이 계속 방을 들락날락했으며, 벽에 기대 놓은

*쿠바의 수도 아바나 북동쪽에 있는 한 지역 이름. 아프리카 모로코에 있는 도시를 가리키는 이름이 아님.
**쿠바 섬의 남쪽 해안 거의 중앙부에 위치해 있는 지명 및 도시 이름.

높다란 의자에 앉아 시합을 관전하기도 했다. 나무로 된 벽은 밝은 빛의 파란색으로 칠해져 있었으며, 위에 걸린 석유등들이 그들의 그림자를 벽에 비추고 있었다. 흑인 친구의 그림자는 엄청나게 컸으며, 미풍에 석유등들이 흔들릴 때마다 벽 위에 비친 엄청나게 커다란 그의 그림자가 따라 움직였다.

승리의 기운이 밤새 양쪽을 왔다갔다하며 계속 바뀌었다. 이윽고 사람들이 흑인 친구에게 럼주를 한 잔 마시게 했고 담배에 불을 붙여 흑인 친구의 입에 물려주었다. 럼주를 마시고 나자 흑인 친구가 엄청나게 기운을 내서 팽팽한 균형을 깨고 한때 노인의 손을 거의 3인치 가량 젖히기도 했다. 아니, 그 당시에 그는 노인이 아니라, '엘 캄페온'* 산티아고였다. 하지만 노인은 자신의 손을 일으켜 세워 다시 팽팽한 백중지세로 돌려

---

*스페인어 표현으로 '승자' 또는 '챔피언'의 뜻.

놓았다. 그 순간 그는 자신이 흑인 친구를, 멋진 녀석이었고 대단한 운동 선수였던 그 친구를 이길 수 있으리라는 확신을 갖게 되었다. 마침내 날이 밝을 무렵 돈을 건 사람들이 무승부로 하자는 요청을 했고 심판이 고개를 흔들었다. 바로 그때 그는 마지막 힘을 다 발휘하여 흑인 친구의 손을 아래로, 계속 아래로 눌러 젖혔다. 그리고 결국에는 그 친구의 손을 탁자 위에 눕히게 되었다. 일요일 아침에 시작한 시합이 월요일 아침이 되어서야 끝났던 것이다. 돈을 걸었던 사람들 가운데 많은 이들이 무승부로 하자고 요청했던 것은 그들이 일을 하러 가야 했기 때문이었다. 그들은 부둣가에서 설탕 포대를 나르는 일을 하거나 아바나 석탄 회사에서 일을 했다. 그렇지 않았다면 계속 시합이 이어져서 결판이 나기를 원했을 것이다. 하지만 아무튼 간에 그가 시합을 끝낸 것이다. 그것도 누구든 일자리로 떠나기 전에 말이다.

그 이후로 오랫동안 누구나 그를 챔피언이라 불렀다. 그리고 봄이 되었을 때 이른바 설욕전이 벌어지게 되었다. 하지만 그다지 많은 돈이 걸리지 않았으며, 그는 아주 쉽게 상대를 무찌를 수 있었다. 그가 쉽게 상대를 무찌를 수 있었던 것은 그가 시엔푸에고스 출신의 흑인 친구의 자신감을 첫 시합에서 이미 깨뜨렸기 때문이었다. 그 시합이 있고 나서 시합이 몇 번 더 있긴 했다. 하지만 그것으로 끝이었다. 반드시 이겨야겠다는 마음만 먹으면 누구를 상대로 하든 이길 수 있다는 판단이 섰기 때문이었다. 또한 팔씨름을 자주 하다 보면 오른손이 망가져 고기 잡는 일에 해가 될 것이라는 생각 때문이기도 했다. 그는 왼손을 사용하여 연습 시합을 몇 번 해보았다. 하지만 왼손은 항상 배신자 역할을 했고, 그가 하라고 요청하는 일을 잘 하려 하지 않았다. 그래서 그는 왼손을 믿지 않게 되었다.

햇볕이 이제 왼손을 충분히 덥혀주겠지. 그가 생각을 계속했다. 밤이 되어 날이 너무 추워지지만 않는다면 다시 손에 경련이 일지는 않을 거야. 오늘 밤 어떤 일이 벌어질지 궁금하군.

마이애미로 가는 비행기 한 대가 그의 머리 위로 지나갔다. 그는 비행기 그림자에 놀라 날치 떼들이 물 밖으로 튀어 오르는 것을 바라보았다.

"저렇게 날치들이 많이 있는 것을 보면 저기엔 분명히 만새기가 있을 거야." 그가 이렇게 말하고는 몸을 뒤로 젖혀 낚싯줄을 당겨보았다. 낚싯줄을 잡아당겨 저 끝에 있는 녀석과의 거리를 조금이라도 좁힐 수 있나 확인하기 위해서였다. 하지만 어림도 없었다. 줄은 여전히 꿈쩍도 하지 않았고, 끊어질 듯 팽팽하게 당겨진 줄 위로 물방울만 부서져 떨어질 뿐이었다. 배는 천천히 앞을 향해 나가고 있었으며, 그는 더 이상 보이지 않을 때까지 줄곧 날아가는 비행기를 바라보았다.

비행기를 타고 내려다보면 아주 신기할 거야. 그가 다시 생각에 잠겼다. 저 높은 곳에서 내려다보는 바다는 과연 어떤 모습일까? 너무 높이 날지 않는다면 녀석을 볼 수도 있을 거야.

200패덤 높이에서 아주 천천히 날아가면서 그 높이에서 저 아래에 있는 녀석을 한 번 볼 수 있으면 좋으련만. 거북이잡이 배를 타고 다닐 때 돛대 꼭대기의 활대에서 아래를 내려다보곤 했지. 그 정도의 높이에서도 보이는 게 대단했어. 거기에서 보면 만새기들이 더 진한 초록색으로 보였지. 만새기들의 줄무늬와 보랏빛 반점들도 볼 수 있었고 말이야. 무리를 져 헤엄쳐 가는 녀석들을 한꺼번에 다 볼 수도 있었어. 어두운 조류 속에서 빠르게 움직이며 사는 고기들은 등이 보랏빛이고 또 그런 고기들한테는 보통 보랏빛 줄무늬나 반점이 있는데, 그건 무슨 이유 때문일까? 만새기가 초록색으로 보이는 건 물론 실제론 황금빛이기 때문이지. 하지만 정말로 허기진 상태에서 먹이를 먹을 때 보면 청새치들이 그렇듯 녀석의 옆구리에 보랏빛 줄무늬가 나타나 있는 게 보이게 마련이지. 화가 나 있기 때문에 그런 걸까? 아니면 속도를 빨리 하다 보니 그런 줄무늬가 나타난 걸까?

어둠이 내리기 바로 직전 무렵, 노인과 고기가 바닷말이 모여 엄청난 크기의 섬을 이루고 있는 곳을 지날 때였다. 밝은 빛깔의 바다에서 바닷말들이 굽이치며 흔들흔들 움직이고 있는 모습을 보노라니 마치 바다가 노란 담요 아래서 무언가와 사랑의 행위를 하고 있는 것처럼 보였다. 막 그곳을 지나고 있을 때 소형 낚싯줄에 만새기가 걸렸다. 노인이 그 만새기를 처음 본 것은 녀석이 공중으로 튀어 올랐을 때였다. 물 밖으로

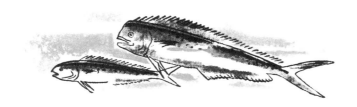

튀어 오른 만새기의 몸은 저녁나절의 마지막 햇빛을 받아 진
짜 황금빛으로 빛나고 있었으며, 미친 듯이 몸을 굽히기도 하
고 퍼덕이기도 했다. 공포에 질린 만새기가 곡예를 하듯 물 밖
으로 몇 번이고 되풀이해 튀어 올랐다. 노인은 힘겹게 배의 뒤
쪽으로 몸을 옮겼다. 곧이어 몸을 웅크린 채 청새치가 물고 있
는 낚싯줄을 오른손과 팔뚝으로 감아 쥐고는 왼손으로 만새
기가 낚인 줄을 끌어올렸다. 그는 배 위로 당겨 끌어올린 줄을
맨발의 왼쪽 발로 밟아 고정시킨 채 남은 줄을 더 끌어올리는
동작을 되풀이했다. 마침내 녀석을 배의 뒤쪽까지 끌어올렸을
때, 녀석은 필사적으로 몸을 내던지기도 하고 좌우로 요동을
치기도 했다. 노인은 몸을 배 뒤쪽 너머로 숙이고는 보랏빛 반
점이 있는 번쩍이는 황금빛 고기를 배 안으로 끌어올렸다. 낚
싯바늘을 물어 끊으려는 듯 녀석의 턱은 발작적으로 빠르게
움직였고, 길다랗고 평평한 몸과 꼬리와 머리로 뱃바닥을 연
신 세차게 내리쳤다. 노인이 황금빛으로 빛나는 녀석의 머리
를 몽둥이로 내려치자 녀석은 몸을 부르르 떨더니 마침내 잠
잠해졌다.

노인은 고기의 입에 걸린 낚싯바늘을 빼냈다. 그리고 다시 또 한 마리의 정어리를 미끼로 끼운 다음 물속에 던져 넣었다. 곧이어 그는 힘겹게 몸을 움직여 천천히 뱃머리 쪽으로 돌아왔다. 그는 왼손을 바닷물에 씻은 다음 바지에 닦았다. 그런 다음 오른손으로 감아 쥐고 있던 무거운 낚싯줄을 왼손으로 옮기고는 오른손도 바닷물에 씻었다. 그러는 동안 그는 바다로 지는 해와 비스듬히 물속으로 드리워진 굵은 낚싯줄을 바라보았다.

"녀석은 조금도 지치지 않았군." 그가 말했다. 하지만 물속에 담근 손을 거슬러 흐르는 물의 움직임을 살펴보고는 녀석의 속도가 감지할 수 있을 정도로 줄어들었음을 확인했다.

"배 뒤쪽을 가로질러 노 두 짝을 서로 묶어놔야겠군. 그렇게 해놓으면 그것 때문에 녀석의 속도가 떨어질 거야." 그가 말을 이었다. "녀석은 오늘밤 내내 끄떡없을 거야. 물론 나도 그럴 거고."

만새기의 내장을 제거하는 일은 조금 있다 하는 게 좋을 것 같군. 그래야 살에 피가 배지. 그는 생각했다. 그건 조금 있다가 하자. 제어 장치로 사용하기 위해 노를 묶는 일도 그때 함께 할 수 있겠지. 지금은 녀석을 조용히 내버려두는 게 좋겠어. 지금 녀석을 성가시게 하는 건 바람직하지 않아. 해질 무렵은 모든 고기들이 다 견디기 어려워하는 시간이니까 말이야.

그는 물에 담갔던 손을 바람에 말린 다음 그 손으로 낚싯줄을 움켜쥐고는 가능한 한 편한 자세를 취했다. 그리고 뱃머리의 나무판에 기댄 채 낚싯줄이 잡아끄는 대로 몸을 맡겼다. 그렇게 해서 그가 감당하고 있는 것만큼, 아니, 그보다 더 큰 비중으로 배가 낚싯줄의 장력을 감당하도록 했다.

궁하니까 방법이 생기는군. 그가 생각했다. 어쨌거나 이 일만 놓고 보면 그래. 게다가 녀석이 미끼를 문 다음부터 아무것도 먹지 못한 것도 잊지 말아야지. 녀석은 덩치가 엄청나니까 굉장히 많이 먹어야 할거야. 하지만 난 다랑어 한 마리를 통째로 먹었거든. 내일은 만새기 고기를 먹을 참이야. 쿠바의 어부들은 '도라도'* 라 부르기도 하는 만새기의 고기 말이야. 어쩌면 내장을 제거한 다음 곧바로 고기를 약간 먹어두는 것도 좋을 것 같군. 다랑어 고기보다야 먹기가 쉽지 않겠지. 하지만 세상에 쉬운 일이 어디 있어.

"고기야, 기분이 좀 어떠니?" 그가 큰 소리로 말했다. "난 말이야, 지금 기분이 좋은 데다가, 왼손도 이젠 한결 나아졌어. 그리고 밤과 낮에 들 먹을거리도 준비해놓았지. 고기야, 넌 배나 계속 끌어라."

실제로 그의 기분이 괜찮은 것은 아니었다. 낚싯줄이 등을 가로질러 그에게 가하는 고통은 이제 거의 고통의 한계를 넘어서서 그가 경계하는 무감각의 상태로 접어들었기 때문이었다. 하지만 난 이보다 더 심한 일도 겪은 적이 있어. 그가 생각을

*스페인어에서 도라도(dorado)는 '금빛의'라는 의미를 가진다. 우리가 흔히 알고 있는 엘도라도의 '도라도'도 같은 단어이다.

이어갔다. 손이 조금 찢어졌을 뿐이고, 이젠 다른 쪽 손의 경련도 사라졌어. 두 다리도 아직 멀쩡하고 말이야. 게다가 먹고 기운을 차리는 문제만을 놓고 보더라도 이제 난 녀석보다 유리한 위치에 있지.

이제는 날이 어두워졌다. 9월에는 해가 지고 난 다음 곧바로 세상이 어둠으로 덮이기 때문이었다. 노인은 뱃머리 쪽의 닳아 매끄러워진 나무판에 몸을 의지하고 누운 채 가능한 한 흠뻑 쉬었다. 이윽고 초저녁 별들이 뜨기 시작했다. 노인은 리겔*이라는 별의 이름은 몰랐지만, 그 별을 보고서 다른 별들도 곧 뜰 것임을 알았다. 그렇게 되면, 그는 저 먼 곳의 친구들 모두와 한자리에 있게 될 것이었다.

"녀석 또한 내 친구이지." 노인이 큰 소리로 말했다. "그처럼 대단한 고기를 내 생전 본 적도 없고 그만한 고기에 대해 사람들이 얘기하는 걸 들어본 적도 없어. 하지만 난 녀석을 죽여야 해. 아무튼, 별들이야 죽이려 하지 않아도 되니, 얼마나 다행인지 몰라."

매일 같이 달을 죽이려 해야 하는 게 인간의 운명이라면 과연 어떤 일이 벌어질까? 그가 생각에 잠겼다. 달은 달아나 버릴 게다. 그리고 만일 매일 같이 해를 죽이려 해야 하는 게 인간의 운명이라면 어떤 일이 벌어질까? 그럴 일이 없으니, 얼마

*오리온 좌를 이루는 7개의 별 가운데 가장 밝은 별. 이는 천체에서 6번째로 밝은 별이기도 하다.

나 다행인가! 그가 생각을 거듭 이어갔다.

이윽고 노인의 마음에 녀석이 참 안됐다는 생각이 들었다. 그처럼 거대한 고기한테 먹을 것이 아무것도 없다니! 고기가 애처롭다는 생각이 들긴 하지만 고기를 죽이겠다는 굳은 마음이 조금이라도 흔들린 것은 아니었다. 저 고기가 얼마나 많은 사람들에게 먹을거리를 제공하게 될까? 그가 생각을 이어갔다. 하지만 그들이 그를 먹을 자격이 있는 인간들일까? 아니지, 물론 아니지! 저 고기의 어엿한 몸가짐과 엄청난 위엄을 생각하면 이 세상에 그를 먹을 자격이 있는 사람은 아무도 없어.

하지만 그런 심각한 문제는 내 이해 능력 바깥의 일이야. 그의 생각이 계속 이어졌다. 하지만 해나 달이나 별들을 죽이려 하지 않아도 된다는 게 얼마나 다행인가! 그저 바다에 의지하여 살면서 바다에 있는 우리의 진정한 형제들을 죽이는 것만으로도 충분해.

자, 이제 제어 장치에 대해 생각을 해봐야겠군. 그의 생각이 계속 이어졌다. 그건 실(失)이 될 수도 있고 득(得)이 될 수도 있지. 만일 녀석이 어쩌다 나한테서 벗어나려 애를 쓰고 노를 엮어 만든 제어 장치가 제대로 작동하게 되면, 배는 지금의 가벼움을 잃고 지나치게 무거워지겠지. 그렇게 되면 난 낚싯줄을 너무나 많이 풀어야 할지도 모르고, 결국에는 여분의 낚싯줄이 남지 않아 녀석을 잃게 될지도 몰라. 배가 가볍기 때문에 우리 둘의 고통이 그만큼 연장되고 있는 것도 사실이야. 문제는 녀석이 아직 그런 적이 없긴 하지만 엄청난 속도로 달릴 수 있다는 거야. 이 점을 감안하면 배가 가볍기 때문에 난 그만큼 더 안전한 것이겠지. 어떤 일이 일어나든, 우선 만새기의 내장을 제거하는 일부터 해야겠다. 상하지 않도록 말이야. 그런 다음 고기를 먹고 힘을 좀 얻어야지.

이제 앞으로 한 시간쯤 더 쉬기로 하자. 그런 다음 녀석이 여전히 꿋꿋하게 변함없는 속도로 움직이고 있는가를 살펴봐야지. 그리고 배 뒤쪽으로 가서 필요한 작업도 하고 결정을 내리기로 하자. 그동안 나는 녀석의 움직임이 어떤지를, 무언가 변화를 보이는지를 지켜볼 수 있을 거야. 노를 이용한다는 건 아주 멋진 생각이야. 하지만 이젠 안전을 고려할 때가 됐어. 녀석은 여전히 전과 다름없이 팔팔해. 언뜻 보았을 때 녀석의 입 한쪽 구석에 낚싯바늘이 박혀 있었고, 입을 꼭 앙 다물고 있었지. 낚싯바늘이라는 형벌은 아무것도 아닐 거야. 굶주림이라는 형벌이, 그리고 자신이 이해할 수 없는 무언가와 싸우고 있다는 사실이 지금 녀석의 머리를 꽉 채우고 있겠지. 노인 양반, 이젠 좀 쉬게나. 그런 문제를 놓고 고민하는 일이든 뭐든 일단 녀석에게 알아서 하도록 맡겨두고, 자네가 나서서 일할 차례가 될 때까지 좀 쉬는 게 좋겠어.

그의 생각으로는 두 시간 가량 쉰 것 같았다. 늦은 시간까지 달이 떠오르지 않는 시기라, 시간을 가늠할 길이 없었다. 따지고 보면, 전과 비교해서 쉬었다 말할 수 있을 뿐, 그가 정말로 쉰 것은 아니었다. 아직도 고기가 잡아당기는 힘을 어깨로 버티고 있었기 때문이었다. 하지만 왼손을 뱃머리 쪽의 뱃전 위에 올려놓은 채 고기에 맞서 저항하는 일을 배와 나눠 하되 배한테 떠넘기는 양을 점점 늘려가고 있었다.

낚싯줄을 어딘가에 붙들어 맨다면 일이 얼마나 쉬워질까. 그가 생각했다. 하지만 작은 요동 한 번만으로도 녀석은 낚싯줄을 끊을 수 있었다. 난 내 몸을 이용하여 낚싯줄이 끌어당기는 힘을 흡수해야 해. 그리고 필요할 때 두 손을 사용하여 줄을 풀 수 있도록 항상 준비 태세를 갖추고 있어야 해.

"하지만, 노인 양반, 자넨 아직 한시도 눈을 붙이지 못했네." 그가 큰 소리로 말했다. "이제 하루의 절반이 지나고, 다시 거기에다가 꼬박 하루가 더 지났지만, 자넨 그동안 한잠도 자지 못했어. 녀석이 이처럼 조용하고 변함이 없다면, 조금이라도 잠을 잘 수 있는 방법을 찾아야 하네. 자네가 잠을 자지 않는다면 머리가 흐리멍덩해질 수도 있어 하는 말이야."

아직 내 정신은 말짱해. 그가 생각을 이어갔다. 너무 말짱해 걱정이야. 내 형제라 할 수 있는 별들처럼 정신이 초롱초롱하지. 하지만 그래도 난 잠을 좀 자야 해. 별들도 잠을 자고, 달도 해도 잠을 자지 않나. 게다가 바다도 어떤 때는 잠을 자거든. 조류가 흐르지 않아 세상이 완전히 조용해질 땐 말이야.

아무튼, 잠을 좀 자야 한다는 걸 잊지 말게. 그의 생각이 이어졌다. 어떻게 해서라도 잠을 좀 자도록 해. 자면서도 낚싯줄을 지키는 간단하고도 확실한 방법을 생각해내게. 자, 이제 다시 당장 해야 할 일로 돌아가 만새기 고기를 먹을 준비나 하지 그래. 잠을 자는 동안 노를 제어 장치로 설치해놓는 건 너무 위험하다는 것, 잊지 말고.

잠을 자지 않고서도 견딜 수 있어. 그가 마음속으로 중얼거렸다. 하지만 그건 너무 위험할 수도 있지.

고기에게 갑작스런 충격을 주지 않도록 조심하면서, 그는 두 손과 두 무릎으로 기어 힘겹게 배의 뒤쪽으로 몸을 옮기기 시작했다. 어쩌면 녀석은 지금 반쯤은 잠들어 있는지도 몰라. 그의 생각이 이어졌다. 하지만 녀석이 휴식을 취하는 걸 난 원치 않아. 녀석은 죽도록 배를 끌어야 해.

일단 배의 뒤쪽으로 몸을 옮기자 그는 몸을 돌렸다. 왼손이 어깨 너머로 걸어놓은 팽팽한 줄을 잡고 있게 하기 위해서였다. 그런 다음 그는 오른손으로 칼집에서 칼을 꺼냈다. 이제 별들이 더할 수 없이 밝게 빛나고 있었고, 그는 그 별빛에 의지하여 만새기를 선명하게 볼 수 있었다. 그는 오른손에 든 칼로 머리를 찍어 배 뒤쪽 나무판 아래서 만새기를 끌어냈다. 그리고 한 쪽 발로 고기의 몸통을 밟아 누르고는 항문 쪽에서 아래턱 끝까지 단칼에 갈랐다. 그런 다음 칼을 내려놓고 오른손으로 내장을 떼낸 다음 그 부위를 말끔히 훑어냈다. 또한 아가미도 남김없이 잡아 뜯어 제거했다. 그가 미끌미끌한 만새기의 위를 들어 올렸을 때 묵직한 느낌이 손으로 전해졌다. 그래서 이를 갈라 보니 안에서 날치가 두 마리 나왔다. 만새기 위속의 날치는 아직 싱싱하고 단단했다. 그는 이를 나란히 뉘어 놓은 다음 만새기의 내장과 아가미를 들어 배 바깥으로 던졌다. 그러자 물속으로 던져진 만새기의 내장과 아가미가 인광을 꼬리처럼 길게 드리우며 물속으로 자취를 감췄다. 만새기의 몸은 차가웠으며, 이제 별빛을 받아 나병 환자의 피부처럼 잿빛을 띄고 있었다. 노인은 만새기의 머리를 오른쪽 발로 누른 채 한쪽 껍질을 떠냈다. 이어서 이를 뒤집어놓고 반대편 껍질도 떠냈다. 그런 다음 머리에서 꼬리까지 양쪽의 살점을 길게 발라냈다.

그는 살점을 떠낸 만새기의 잔해를 배 바깥으로 밀어 물속으로 떨어지게 했다. 그런 다음 그는 혹시 물속에서 소용돌이가 일지 않는가를 살펴보았다.* 하지만 천천히 물속으로 내려가는 고기의 잔해에서 나오는 환한 빛만이 보일 뿐이었다. 곧이어 그는 몸을 돌리고 저며낸 두 점의 만새기 살점 사이에 두 마리의 날치를 끼웠다. 그리고 칼집에 칼을 넣은 다음, 다시 뱃머리 쪽으로 힘겹게 천천히 몸을 옮겼다. 그의 등은 낚싯줄의 장력 때문에 굽어 있었다. 그러는 그의 오른손에는 고기의 살점이 들려 있었다.

뱃머리 쪽으로 되돌아온 그는 두 점의 만새기를 나무판에

*상어나 상어 떼가 만새기의 잔해를 향해 다가와 소용돌이를 일으키고 있는가를 지켜보았다는 말이다.

올려놓고 날치도 그 곁에 나란히 올려놓았다. 그런 다음 어깨를 가로질러 지나가는 낚싯줄의 위치를 바꾸고 뱃전 위에 올려놓은 왼손으로 이를 잡았다. 곧이어 그는 몸을 옆으로 기울여 날치를 바닷물에 씻었다. 그러면서 계속 손으로 느껴지는 물의 속도를 가늠해보았다. 그의 손은 고기의 살점을 떼낼 때 달라붙은 인광으로 환하게 빛나고 있었다. 그 빛에 의지하여 그는 손을 거슬러 지나가는 물의 흐름을 살펴보았다. 물의 흐름은 이전만큼 세지 않았다. 그가 배의 바깥쪽 벽에 대고 손날을 문지르자 파편 모양의 인광이 물에 떠서 천천히 배 뒤쪽으로 멀어져 갔다.

"녀석이 이제 지치기 시작했군. 아니면 쉬고 있는지도 몰라." 노인이 말했다. "이제 이 만새기 고기를 좀 들기로 하자. 그런 다음 쉬자. 잠도 좀 자고."

별빛 아래서, 그리고 계속해서 점점 더 차가워지는 밤의 대기 속에서, 그는 만새기의 살점 하나의 절반을, 그리고 내장을 들어내고 머리를 잘라낸 날치 한 마리를 먹었다.

"제대로 요리를 하면 만새기 고기처럼 맛있는 고기도 없을 거야." 그가 말했다. "하지만 날로 먹기엔 정말 끔찍하군. 앞으로 배를 타고 나갈 땐 반드시 소금이나 라임을 가지고 가야겠어."

내가 머리를 좀 쓸 줄 아는 인간이었다면, 뱃머리 쪽 나무판에다 바닷물을 뿌려놓고 하루 종일 말렸을 거야. 소금이 만들어지도록 말이야. 그가 이렇게 생각했다. 하지만 내가 만새기를 낚은 건 거의 해질 무렵이었잖아. 그렇기는 해도 준비를 제대로 하지 않았던 것은 사실이야. 아무튼, 아주 잘 씹었더니 구역질이 나지는 않는군.

동쪽 하늘에 구름이 이는가 싶더니, 그가 알고 있는 별들이 하나 둘 시야에서 사라졌다. 바야흐로 구름의 대협곡 안으로 이동하고 있는 듯한 느낌이 들기도 했다. 이제 바람은 멎어 있었다.

"사나흘 안으로 날씨가 사나워지겠군." 그가 말했다. "하지만 오늘은 날씨가 괜찮을 거고 내일도 괜찮을 거야. 노인 양반, 이제 잠잘 준비를 좀 하게나. 녀석이 소란을 피우지 않고 조용할 때 말이야."

그는 오른손으로 낚싯줄을 단단하게 쥐고, 온몸의 무게를 실어 나무판을 향해 몸을 앞으로 숙이는 동시에 줄을 쥔 오른손을 허벅지로 누르며 밀었다. 그리고 줄을 약간 어깨 아래쪽으로 내린 다음 왼손으로 이를 잡았다.

줄이 팽팽하게 당겨져 있는 한에는 오른손이 이를 움켜쥐고 있을 수 있겠지. 노인의 생각이 이어졌다. 하지만 내가 잠든 사이에 어쩌다 줄이 느슨해지면 왼손을 벗어날 테고, 그러면 왼손이 나를 깨울 거야. 오른손한테 주는 부담이 크군. 하지만 오른손이야 항상 형벌에 익숙해 있지. 20분이나 30분 정도라도 잠을 자두는 게 좋을 거야. 그는 몸 전체로 줄을 누르면서 앞으로 웅크리고 온몸의 무게를 오른손에 맡긴 채, 잠이 들었다.

그는 사자들 대신 참돌고래 떼를 꿈에서 보았다. 그것도 8마일 또는 10마일 정도까지 넓게 퍼져 있는 엄청난 규모의 참돌고래 떼였다. 때는 짝짓기 계절이었고, 참돌고래들은 공중 높이 뛰어올랐다가 그들이 물 밖으로 뛰어오르는 순간 만들어진 물구멍 속으로 되돌아갔다.

곧이어 그는 마을에 있는 자신의 오두막 안 침대에 누워 있는 꿈을 꾸었다. 북풍이 불고 있었고 공기는 몹시 차가웠다. 누워서 쉬고 있는 그의 오른팔이 저렸다. 베개 대신 팔에 머리를 올려놓고 있었기 때문이었다.

그런 다음 그는 길다랗게 펼쳐진 노란빛의 바닷가를 꿈에서 보기 시작했다. 초저녁의 어둠이 깔림 즈음 사자 무리에서 한 마리가 먼저 바닷가로 내려오는 것이 그의 눈에 들어왔다. 이어서 다른 사자들이 모습을 드러냈고, 그는 육지에서 불어오는 저녁 미풍을 받으며 바닷가에 정박해 있는 배의 뱃머리 쪽 나무판에 턱을 괸 채 앉아 이를 바라보고 있었다. 사자들이 더 오는가를 보기 위해 기다리고 있는 그의 마음은 행복에 젖어 있었다.

달이 뜬 지 오래되었지만 그는 계속 잠이 들어 있었다. 고기는 일정한 속도로 배를 끌었고, 배는 구름의 터널 속으로 들어가고 있었다.

바로 그때였다. 주먹을 쥔 오른손이 갑작스럽게 얼굴을 치는 동시에 쥐고 있는 줄이 불이라도 일으킬 듯 빠른 속도로 손바닥을 훑고 지나가는 바람에 그는 잠에서 깨어났다. 왼손에서는 이미 줄이 느껴지지 않았기 때문에, 오른손으로만 있는 힘을 다해 줄을 제어했다. 하지만 줄은 무서운 기세로 풀려나갔다. 마침내 왼손도 줄을 더듬어 찾아 잡았다. 두 손의 도움을 받아 그는 줄이 더 이상 풀리지 않도록 잡은 채 몸을 뒤로 젖혔다. 그러자 등과 왼손마저도 줄에 쓸려 불에 덴 듯 아팠다. 줄이 당기는 온갖 힘을 도맡아 감당하던 왼손에 심하게 상처가 났다. 몸을 돌려 여분의 낚싯줄을 살펴보니, 거칠 것 없이 풀려나가고 있었다. 바로 그때 녀석이 엄청난 물보라를 일으키며 물 위로 뛰어올랐다가 육중한 몸을 물속으로 떨구었다. 곧이어 녀석은 다시 물 위로 뛰어올랐다가 물속으로 곤두박질치기를 여러 번 되풀이했고, 낚싯줄이 계속 무서운 기세로 풀려나가고 있는데도 배는 질주하듯 빠르게 달렸다. 노인은 낚싯줄이 끊어지지 않고 버틸 수 있는 한계점에 이르기까지 줄의 장력을 계속해서 높이고 또 높였다. 마침내 몸이 뱃머리의 나무판 쪽으로 세게 당겨지는 바람에 노인은 엉겁결에 그 위에 올려놓은 만새기 살점 위로 얼굴을 처박게 되었다. 그런 자세로 그는 꼼짝할 수가 없었다.

이게 바로 내가 내 손들과 함께 기다리던 거야. 그가 생각했다. 자, 어디 한번 맞부딪쳐보자.

녀석에게 낚싯줄 값을 치르게 하자. 그의 생각이 계속 이어졌다. 녀석은 낚싯줄 값을 치러야 해.

그는 고기가 뛰어올랐다가 떨어지는 모습을 볼 수 없었다. 다만 바닷물이 갈라지는 소리와 녀석이 물 위로 떨어질 때 나는 물이 튀는 소리만 들을 수 있을 뿐이었다. 무서운 기세로 풀려나가는 낚싯줄이 그의 양손을 심하게 쓸고 지나갔다. 하지만 그는 이런 일이 일어나리라는 것을 늘 알고 있었고, 그래서 굳은살이 박인 쪽으로 줄이 지나가게 하려 애를 썼다. 손바닥 위로 미끄러져 지나가거나 손가락을 베이는 일이 없도록 조심했던 것이다.

아이가 여기 함께 있으면, 낚싯줄에 물을 묻혀 쓸리지 않게 해줄 텐데. 노인이 생각했다. 그래, 아이만 곁에 있다면 바랄 게 없을 거야. 아이가 곁에 있으면 좋으련만.

줄이 계속 끊임없이 풀려나가고 또 풀려나갔다. 하지만 이제 풀려나가는 속도가 줄고 있었다. 이제 그는 녀석에게 한 치도 더 쉽게 내주지 않으려는 듯 아주 조금씩 줄을 풀어주고 있었다. 곧 그는 나무판 위의 고기 살점에 처박혀 있던 얼굴을 쳐들 수 있게 되었다. 그의 뺨이 으깨놓은 고기 살점에서 얼굴을 든 그는 무릎으로 일어선 다음 천천히 발을 딛고 일어섰다. 아직도 그는 줄을 풀어주고 있었지만, 그 속도가 계속 조금씩 더 줄고 있었다. 그는 눈으로는 확인이 어려운 낚싯줄 다발을 발로 밟아 가늠해보기 위해 낚싯줄 다발이 있는 곳까지 조심스럽게 몸을 옮겼다. 아직도 여분의 낚싯줄은 충분했다. 게다가 이제 새롭게 풀려나간 줄로 인해 증가한 물과 줄 사이의 마찰력 때문에, 배를 끄는 일이 고기에게는 그만큼 더 힘들게 되었다.

일이 잘 풀리는군. 노인의 생각이 이어졌다. 게다가 녀석은 열 번도 넘게 물 위로 뛰어올랐어. 녀석의 등을 따라 붙어 있는 부레에 공기가 잔뜩 채워져, 내가 녀석을 건져 올릴 수 없을 만큼 깊은 곳으로 내려가 죽지는 못하겠지. 곧 원을 그리며 돌기 시작할 거야. 그러면 내가 주도권을 쥘 차례가 되는 거지. 그건 그렇고, 녀석이 그처럼 갑작스럽게 요동친 이유는 무엇일까? 굶주림 때문에 필사적이 되었던 걸까? 아니면 한밤에 무언가를 보고 놀랐던 걸까? 어쩌면 갑작스럽게 공포를 느꼈는지도 몰라. 하지만 녀석은 엄청 침착하고 강인한 고기가 아니었던가. 조금도 두려워하는 기색을 보이지 않았고 자신에 넘쳐 보였는데. 거 참, 이상하군.

"걱정할 것 없네, 노인 양반. 자신감을 갖게." 그가 자신에게 말했다. "녀석이 다시 달아나는 것을 막았지만, 아직 줄을 끌어들일 수는 없어. 하지만 녀석이 곧 원을 그리며 주위를 맴돌 거야."

노인은 곧 왼손과 어깨로 녀석이 잡아끄는 힘을 지탱한 채 오른손을 오므려 바닷물을 떠올렸다. 얼굴에 붙어 있는 으깨진 만새기 고기 부스러기를 씻어내기 위해서였다. 그것 때문에 구역질이 나서 토하게 되면 기운이 떨어질까 걱정이 되었던 것이었다. 얼굴을 씻고 나서 그는 뱃전 너머로 오른손을 뻗어 바닷물에 담그고 손을 씻었다. 그런 다음 손을 짠 바닷물에 담근 채 해가 뜨기 직전의 새벽빛이 밝아오는 것을 지켜보았다. 거의 동쪽을 향해 가고 있군. 그가 생각했다. 이는 녀석이 지쳐서 조류에 몸을 맡겼다는 걸 뜻하지. 곧 녀석이 원을 그리며 돌 거야. 그러면 내 두 손과 내가 진정으로 해야 할 일이 시작되는 거지.

오른손을 충분히 오랫동안 물속에 담궜다고 판단이 되자 그는 손을 거둬들여 바라보았다.

"심하진 않군." 그가 말했다. "게다가 사나이라면 고통쯤이야 견뎌내야 하는 법이지."

그는 다시 낚싯줄에 손이 쓸리는 일이 없도록 조심스럽게 오른손으로 줄을 잡았다. 그런 다음 고깃배의 반대편 뱃전 너머로 왼손을 바닷물에 넣을 수 있도록 몸의 무게 중심을 바꿨다.

"쓸모 없을 줄 알았더니 자네도 그럭저럭 의미 있는 활약을 했네." 그가 왼손에게 말했다. "하지만 말이야, 자네가 어디 있는지 찾을 수 없던 순간이 있었어."

나는 왜 양쪽 모두 믿음직스러운 손을 갖고 태어나지 못한 것일까. 노인의 생각이 이어졌다. 어쩌면 한쪽을 제대로 훈련시키지 못한 나한테 잘못이 있는지도 몰라. 하지만 녀석에게 배움의 기회가 충분했던 건 누구나 다 아는 사실이야. 아무튼, 지난 밤 녀석이 활약하던 모습은 그다지 나쁘지 않았어. 어쩌다 한 번 경련을 일으켰을 뿐이야. 다시 또 경련을 일으키면 내이 녀석을 낚싯줄의 희생물이 되게 하고 말 테다.

그런 생각을 하는 것으로 보아 자신의 머리가 맑지 않다는 것을 노인은 알고 있었다. 그래서 그는 만새기 고기 조각을 좀 더 씹어먹어야겠다고 생각했다. 하지만 그걸 어떻게 먹어? 그가 자신을 향해 중얼거렸다. 구역질 때문에 기운을 잃기보다는 정신이 멍한 채로 있는 게 낫지. 얼굴을 그 위에 처박기까지 했으니, 입에 넣고 목구멍으로 넘기더라도 끝까지 참고 견딜 수 없을 거야. 비상용으로 남겨두기로 하자. 상하기 전까지는 말이야. 아무튼, 이젠 무언가 영양가 있는 걸 구해 먹는 것으로 힘을 얻기에는 너무 늦었어. 곧이어 그가 속으로 외쳤다. 아니, 어찌 이렇게 멍청할 수가! 아직 날치가 한 마리 남아 있지 않은가.

날치는 손질을 해서 먹을 준비가 된 상태로 아직 나무판 위에 놓여 있었다. 그는 왼손으로 그것을 집어 올려, 뼈째 조심스럽게 씹었다. 그는 날치 한 마리를 꼬리 부분에 이르기까지 남김없이 다 먹었다.

날치만큼 영양가가 높은 고기는 아마 없을 거야. 그가 생각했다. 적어도 내가 원하는 힘을 발휘하게 하는 덴 말이지. 자, 이젠 내가 할 수 있는 일을 다 한 셈이다. 그의 생각이 계속 이어졌다. 이제 녀석이 원을 그리며 돌기 시작할 때까지 기다리자. 그리고 진짜 싸움을 시작하자.

노인이 이번에 바다로 나온 후 세 번째 해가 떠오르고 있었다. 그리고 바로 그때 고기가 원을 그리며 돌기 시작했다.

하지만 낚싯줄이 바다에 잠긴 기울기만으로는 고기가 돌고 있는지를 쉽게 확인할 수 없었다. 사실 그러기에는 너무 일렀다. 그는 다만 낚싯줄의 장력이 미세하게 떨어지는 것을 느꼈고, 그래서 오른손으로 줄을 부드럽게 끌어올리기 시작했다. 전과 마찬가지로 줄이 팽팽해졌다. 하지만 줄이 끊어질 것 같은 순간에 이르렀을 때 줄이 끌려오기 시작했다. 그는 낚싯줄 아래쪽으로 어깨와 머리를 빼내고는 일정한 속도로 부드럽게 줄을 걷어 올리기 시작했다. 양손을 앞뒤로 움직이며 줄을 걷어 올렸다. 몸과 다리까지 동원하여 그는 될 수 있는 한 많은 양의 줄을 걷어 올리려 했다. 줄을 걷어 올리면서 앞뒤로 움직이는 그의 몸 동작에 연륜이 쌓인 다리와 어깨가 축(軸)의 역할을 했다.

"녀석이 그리는 원이 워낙 크다 보니, 원을 그리고 있는지도 모르겠군." 그가 말했다. "그래도 녀석이 원을 그리며 돌고 있는 게 확실해."

이윽고 줄이 더 이상 끌려오지 않았다. 잡고 있는 줄이 팽팽해지자, 햇빛을 받고 있는 줄에서 물방울이 튀어 오르는 것까지 노인은 볼 수 있었다. 곧이어 줄이 다시 풀려나가기 시작했고, 무릎을 꿇은 자세로 노인은 마지못해 내놓는 듯 아주 조금씩만 어두운 물속으로 줄을 되풀어주었다.

"녀석은 지금 원의 가장 먼 쪽을 돌고 있는 거야." 그가 말했다. 온 힘을 다해 줄을 잡고 있자, 그의 생각이 이어졌다. 줄을 팽팽하게 잡아당기다 보면 녀석이 그리는 원의 반경이 점점 작아질 거야. 어쩌면 한 시간 안으로 녀석을 볼 수 있을지도 몰라. 이제 녀석에게 나의 굳은 의지를 보일 때가 되었어. 녀석을 필히 죽이겠다는 나의 의지를 말이야.

하지만 두 시간이 지난 후에도 고기는 원을 그리며 계속 천천히 돌고 있었고, 노인은 땀으로 흠뻑 젖은 채 뼛속 깊이까지 지쳐 있었다. 그럼에도 이제 회전 반경은 한결 줄어들었으며, 줄의 경사각으로 보아 고기가 헤엄을 치면서 줄곧 물 위쪽으로 올라오고 있음을 노인은 알 수 있었다.

벌써 한 시간 전부터 노인의 눈앞에서 검은 반점들이 아른거리고 있었다. 땀으로 인해 눈이 따가웠고, 눈 위쪽과 이마의 상처도 쓰라렸다. 반점 때문에 걱정이 되지는 않았다. 줄을 당기느라 긴장해서 일을 하다 보면 으레 나타나는 증상이었기 때문이었다. 하지만 그는 두 번이나 정신이 어질어질해지며 현기증을 느꼈고, 그것 때문에 마음이 불안해졌다.

"이런 식으로 정신을 잃어, 고기를 놓치고 죽을 수는 없지." 그가 말했다. "너무나 멋지게 고기를 내 쪽으로 끌어오게 된 이 마당에 말이야. 하느님, 저에게 버틸 힘을 주소서. 주기도문도 백 번 외고 성모송도 백 번 부르겠습니다. 하지만 지금은 그럴 겨를이 없네요."

주기도문도 성모송도 다 백 번씩 외고 부른 것으로 해두자. 그가 생각했다. 대신 나중에 꼭 백 번씩 외고 불러야지.

바로 그때 양손으로 쥐고 있는 낚싯줄에서 무언가가 갑작스럽게 세게 내리치고 잡아당기는 듯한 기운이 느껴졌다. 예리하면서도 강하고 육중한 무언가의 움직임이었다.

녀석이 지금 투창과도 같은 주둥이로 낚싯줄의 목줄을 건드린 게로구나. 그가 생각했다. 그거야 정해져 있는 수순이지. 녀석은 그렇게 할 수밖에 없었을 거야. 하지만 어쩌면 그 때문에 녀석이 물 위로 뛰어오를지도 몰라. 물 밖으로 뛰어나오는 것보다는 물속에서 원을 그리며 도는 게 낫지. 그래, 공기를 들이키기 위해서는 물 위로 뛰어오르지 않을 수 없을 거야. 하지만 녀석이 물 위로 뛰어오를 때마다 낚싯바늘 때문에 생긴 상처가 커질 수도 있어. 그렇게 되면 녀석이 낚싯바늘에서 벗어나게 될지도 몰라.

"고기야, 뛰어오르지 말아라." 그가 말했다. "제발, 물 밖으로 나오지 말렴."

고기가 목줄을 여러 번 더 건드렸으며, 녀석이 머리를 흔들 때마다 노인은 줄을 약간씩 양보했다.

녀석이 느끼는 고통을 더 이상 커지게 해서는 안 돼. 그가 생각했다. 내가 느끼는 고통이야 문제가 되지 않지. 나야 내 고통을 억제할 수 있으니까 말이야. 하지만 녀석은 고통이 더 심해지면 미쳐 날뛸 거야.

잠시 후 고기가 목줄을 치는 일을 멈췄다. 그리고 다시 천천히 원을 그리며 돌기 시작했다. 곧 노인은 다시 일정한 속도로 낚싯줄을 감아 올렸다. 하지만 바로 그때 다시 현기증이 느껴졌다. 그는 왼손으로 바닷물을 약간 떠올려 머리를 적셨다. 이어서 조금 더 바닷물을 떠올려 목덜미 쪽을 문질렀다.

"그래도 경련이 일지 않아 다행이야." 그가 말했다. "곧 녀석이 물 위로 올라올 것이고, 난 버틸 수 있어. 끝까지 버텨야 해. 말할 필요도 없이 당연히 그렇게 해야 해."

그는 뱃머리 쪽을 향해 무릎을 꿇고 잠시 동안 줄을 다시 등에 걸쳤다. 이제 녀석이 먼 곳을 도는 동안 좀 쉬기로 하자. 녀석이 가까이 다가오면 그때 일어나서 녀석과 싸움을 계속하자. 그의 마음이 정해졌다.

뱃머리에 앉아 쉬고 싶은 마음이, 낚싯줄을 조금도 더 당겨 올리지 않은 채 그냥 고기에게 저 혼자 원을 그리며 돌도록 내버려두고 싶은 마음이 너무도 간절했다. 하지만 낚싯줄을 당기는 힘으로 보아 고기가 몸을 돌려 배를 향해 다가오고 있음을 감지한 순간 노인은 자리에서 벌떡 일어서서 베를 짜듯 몸을 좌우로 움직이며 그가 걷어 올릴 수 있는 만큼의 낚싯줄을 한 치도 남김없이 걷어 올리기 시작했다.

이렇게까지 지쳤던 적이 있었던가? 그가 생각을 이어갔다. 아무튼, 이제 무역풍이 불기 시작하는구나. 녀석을 끌고 포구로 들어가는 데는 저 무역풍이 큰 도움이 될 거야. 몹시도 원하던 바람이 부는군.

"녀석이 다시 한 바퀴 돌기 시작하면서 멀어져가면 그때 가서 쉬기로 하자." 그가 말했다. "이제 기분이 한결 나아졌는걸. 두세 바퀴만 더 돌게 한 다음 녀석에게 손을 써야지."

밀짚모자를 머리 뒤쪽으로 젖혀 쓰고 있던 노인은 고기가 다시 원을 그리며 돌기 시작했음을 감지하자 낚싯줄을 당긴 채 뱃머리 쪽에 주저앉았다.

고기야, 지금은 네가 움직일 때야. 그가 생각했다. 내 차례가 되면 그때 너를 상대로 움직이마.

파도가 제법 일고 있었다. 하지만 이는 맑은 날씨에 부는 미풍의 영향 때문이었다. 그리고 그가 무사히 집으로 돌아가기 위해서는 바로 이 바람이 필요했다.

"남서쪽으로 방향을 잡고 가기만 하면 될 거야." 그가 말했다. "사나이라면 어찌 바다에서 길을 잃을 수 있겠는가. 게다가 내가 닿아야 할 곳은 길게 뻗어 있는 섬이기도 하지."*

그가 고기의 모습을 다시 본 것은 고기가 세 번째 원을 그리며 돌 때였다.

처음에는 배 아래쪽을 지나가는 어두운 그림자로만 보였다. 배 아래쪽으로 다 지나가는 데 아주 오랜 시간이 걸릴 정도로 믿기 어려울 만큼 큰 고기였다.

"이럴 수가!" 그가 말했다. "저렇게 크다니, 도저히 있을 수 없는 일이야."

하지만 실제로 고기는 믿기 어려울 만큼 컸다. 세 번째 원을 그리며 돌기를 거의 끝낼 무렵, 고기는 배에서 다만 30야드 밖에 떨어지지 않은 곳에서 수면 가까이로 올라왔으며, 이에 노인은 꼬리가 물 밖으로 나온 것을 볼 수 있었다. 검푸른 바닷물 위로 드러난 고기의 꼬리는 거대한 낫의 날보다 더 길었으며, 아주 옅은 보랏빛을 띠었다. 그리고 뒤쪽으로 비스듬히 경사가 져 있었다. 고기가 수면 바로 아래쪽에서 헤엄을 치고 있는 동안 노인은 녀석의 엄청난 몸집과 몸에 두르고 있는 띠 모양의 보랏빛 줄무늬들을 볼 수 있었다. 녀석의 등지느러미는 아래로 늘어져 있었고, 좌우 양쪽의 거대한 가슴지느러미는 넓게 펼쳐져 있었다.

이번에는 고기의 눈도 볼 수 있었다. 그리고 회색을 띤 두

---

*쿠바는 플로리다 반도 아래쪽에 동서로 길게 뻗어 있는 섬이라는 점에 유의할 것.

마리의 빨판상어가 그 주위를 헤엄치고 있는 것까지 볼 수 있었다. 빨판상어들이 때로는 녀석의 몸에 들러붙기도 했고, 때로는 날쌘 동작으로 멀어지기도 했다. 그리고 때로는 녀석의 그늘 아래서 유유히 헤엄을 치기도 했다. 빨판상어는 두 마리다 그 길이가 3피트가 넘었으며, 빠르게 헤엄을 칠 때 보면 장어처럼 온몸을 요동치듯 세차게 움직였다.

지금 노인이 땀을 흘리고 있는 것은 단순히 햇빛 때문만이 아니었다. 고기가 조용하고 차분하게 원을 그리며 돌 때마다 노인은 낚싯줄을 걸어 올렸다. 앞으로 고기가 두 바퀴만 더 돌면 작살을 던질 기회가 오리라는 확신이 들었다.

하지만 이를 위해선 녀석을 가까이, 아주 가까이 내 쪽으로 바짝 끌어와야 해. 노인이 생각했다. 그리고 머리 쪽을 공격해서는 안 되지. 심장을 겨냥해야만 해.

"자, 노인 양반, 침착해야 하네. 그리고 힘을 내게." 그가 말했다.

다시 한 바퀴 도는 동안 고기는 물 밖으로 등을 드러냈다. 하지만 배에서 너무 멀리 떨어져 있었다. 한 바퀴를 다시 한 번 더 돌 때도 여전히 배에서 너무 멀었다. 하지만 고기는 물 밖으로 높이 나와 있었으며, 노인은 줄을 좀 더 끌어당기면 고기를 배 옆으로 바짝 끌어올 수 있으리라 확신했다.

노인은 작살을 사용할 준비를 벌써 오래전에 갖춰놓았다. 둥근 바구니에 담긴 가벼운 밧줄 다발의 한쪽 끝은 작살에 연결해놓았고, 다른 한쪽 끝은 닻줄을 맬 때 사용하는 뱃머리의 못에 이미 단단히 묶어놓았다.

이윽고 고기가 침착하고 멋진 모습으로 원을 그리며 다가왔다. 다가오는 고기는 다만 거대한 꼬리만을 움직이고 있었다. 노인은 고기를 가까이로 끌어오기 위해 있는 힘을 다해 줄을 당겼다. 잠시 동안 고기가 몸을 약간 뒤틀어 배를 드러냈다. 곧이어 다시 몸을 바로 하고는 다시 한 바퀴 원을 그리며 돌기 시작했다.

"녀석을 움직였어!" 노인이 이렇게 말했다. "방금 내가 녀석을 움직인 거야."

그 순간 그는 다시 한 번 현기증을 느꼈다. 하지만 있는 힘을 다해 엄청난 고기가 물고 있는 낚싯줄을 움켜쥔 채 놓지 않았다. 내가 녀석을 움직였어. 그가 생각을 이어갔다. 어쩌면 이번에는 녀석을 끝장낼 수 있을지도 몰라. 양손아, 끌어당겨라. 그의 생각이 이어졌다. 다리야, 잘 버텨라. 머리야, 날 위해 정신을 잃지 말기 바란다. 제발, 날 위해 끝까지 정신을 잃지 말아다오. 완전히 정신을 잃은 적은 한 번도 없지 않으냐? 이번에는 녀석을 곁으로 끌어오고 말 테다.

고기가 다가오기 훨씬 전부터 서둘러 온 힘을 동원하여 잡아당겼다. 하지만 그처럼 온갖 힘을 다했음에도 불구하고 고기는 몸을 약간 뒤틀며 저항을 하더니 자세를 바로잡고 헤엄쳐 가버렸다.

"고기야!" 노인이 말했다. "고기야, 어차피 넌 죽을 운명이야. 너도 날 죽여야겠다는 거냐?"

그런 식으로는 아무것도 이뤄지는 게 없을 텐데. 노인이 생각을 이어갔다. 그의 입 안은 말을 이어갈 수 없을 정도로 바싹 말라 있었다. 하지만 현재로서는 물병 쪽으로 손을 뻗을 여유가 없었다. 이번엔 녀석을 뱃전으로 끌어와야 해. 그의 생각이 이어졌다. 이처럼 고기가 계속 돌기만 하는 걸 난 더 이상 감당할 수 없어. 아니야, 넌 감당할 수 있어. 그가 자신에게 말했다. 언제까지라도 넌 감당할 수 있어.

다시 고기가 원을 그리기 시작했고 노인은 거의 뜻을 이룰 뻔했다. 하지만 이번에도 고기는 다시 몸을 바로 한 다음 유유히 헤엄쳐갔다.

고기야, 네가 날 잡는구나. 노인이 생각했다. 하지만 네게도 충분히 그럴 권리가 있지. 이제까지 난 너보다 더 거대한 녀석도, 더 아름다운 녀석도, 더 침착한 녀석도, 더 품위 있는 녀석도 본 적이 없단다. 자, 내 형제와도 같은 녀석아, 와서 날 죽여라. 누가 누구를 죽이든 난 아무래도 좋다.

지금 네 머릿속에 혼란이 일고 있어. 그가 자신을 향해 이렇게 생각했다. 머리를 맑게 해야만 해. 머리를 맑게 하고, 사나이답게 고통을 견뎌낼 방법을 찾아야 해. 사나이답게 또는 고기처럼 말이야. 그의 생각이 이어졌다.

"머리야, 정신 차려." 거의 들리지 않는 목소리로 그가 말했다. "정신 좀 차리라고."

고기가 두 번 더 원을 그리며 돌았지만 상황의 변화는 없었다.

모르겠어. 노인의 생각이었다. 매번 그는 정신이 혼미해져 거의 의식을 잃을 지경에 이르곤 했다. 왜 그러는지 정말 모르겠어. 아무튼, 한 번 더 해보자.

노인이 한 번 더 해보았다. 하지만 고기의 방향을 돌려놓았을 때 다시 정신이 혼미해졌다. 고기는 몸을 바로 한 다음 거대한 꼬리를 공중에서 좌우로 휘저으며 다시금 유유히 헤엄쳐 가버렸다.

다시 한 번만 더 해 보자. 이제 양손이 짓물러 엉망이 되었고 눈도 침침해져 순간적으로만 언뜻언뜻 사물이 제대로 보일 정도로 상태가 좋지 않았지만, 노인은 속으로 그렇게 다짐했다.

다시 한 번 해보았으나 결과는 마찬가지였다. 그래서 노인이 다시 또 한 번 다짐했다. 한 번만 더 해보자. 시작도 하기 전에 그는 다시 정신이 혼미해짐을 느꼈지만 다짐을 멈추지 않았다. 다시, 또 한 번만 더 해보자.

노인은 갖은 애를, 남아 있는 온갖 힘을, 오래 전에 잃어버린 자부심 가운데 그래도 남아 있는 것까지 총동원했다. 그리고 그 모든 것을 고기의 고통에 맞서 쏟아 부었다. 마침내 고기가 그의 곁으로 와서, 곁에서 얌전히 헤엄을 쳤다. 기다란 주둥이가 배의 나무판에 거의 닿을 만큼 아주 가까운 거리에서 헤

엄을 치다 배를 스쳐 지나가기 시작했다. 길고, 깊고, 넓은 몸의 고기가, 보랏빛 줄무늬의 은빛 고기가, 바다 속의 무한 존재가 노인의 곁을 스쳐 지나가기 시작했던 것이다.

노인은 잡고 있던 줄을 바닥에 내려놓고 이를 발로 밟았다. 그리고 팔이 허락하는 한 아주 높이 작살을 쳐들었다. 그리고 온 힘을 다 모아, 그가 끌어 모을 수 있는 힘 이상으로, 젖 먹던 힘까지도 보태, 고기의 옆구리에 내리꽂았다. 노인의 가슴 높이에 이르기까지 대기 한가운데로 높직이 올라와 있는 거대한 가슴지느러미 바로 뒤쪽에 작살을 내리꽂았다. 그는 쇠로 된 작살이 고기의 몸에 박히는 것을 느끼면서 작살 쪽으로 몸을 굽혀 더욱 깊숙이 박았다. 그런 다음 온몸의 무게를 모아 작살을 더욱 더 깊이 밀어 넣었다.

그러자 고기가 되살아났다. 자신의 죽음을 몸 안에 간직한 채 물 밖으로 높이 용솟음쳤다. 그렇게 해서 자신의 거대한 길이와 폭 전체를, 그리고 자신이 가진 온갖 힘과 아름다움을 송두리째 드러내 보였다. 고기는 배에 있는 노인의 머리 위 허공에 걸려 있는 것처럼 보였다. 곧이어 우레와 같은 물소리를 내며 물속으로 곤두박질했다. 그 순간 노인의 몸과 배 위로 온통 물보라가 날렸다.

노인은 현기증과 메스꺼움을 느꼈으며, 눈이 흐려져 앞을 잘 볼 수 없었다. 하지만 그는 작살에 연결된 줄을 바구니에서 꺼냈다. 그리고 그 줄을 맨 살이 드러나 쓰라린 자신의 손을 지나 물 속으로 천천히 풀려 들어가게 했다. 이윽고 시력이 다시 회복되었을 때 보니 고기는 은빛 배를 위로 향한 채 등으로 물 위에 누워 있었다. 작살의 자루가 고기의 어깨 쪽에 비스듬히 꽂혀 있었고, 바다는 고기의 심장에서 흘러나온 붉은 피를 받아 그 빛을 바꾸고 있었다. 고기의 피를 받은 바다의 처음 빛깔은 깊이가 1마일도 넘는 푸른 바다를 떠도는 고기 떼의 빛깔처럼 어두웠다. 곧이어 피가 구름처럼 번졌다. 은빛으로 환한 고기의 몸은 물 위에 떠서 파도를 따라 조용히 움직이고 있었다.

노인은 그에게 남아 있는 시력을 집중하여 조심스럽게 그 광경을 바라보았다. 그런 다음 풀려나가지 않은 채 남은 작살의 줄을 뱃머리의 못에 두 바퀴 감고는 양손에 머리를 파묻었다.

"정신을 차려야지." 그가 뱃머리의 나무판 쪽으로 눈길을 준 채 이렇게 말했다. "난 몸도 마음도 지쳐 있는 늙은이야. 하지만 그런 내가 방금 이 녀석을 잡은 거야. 내 형제이기도 한 이 녀석을. 이제 궂은 일을 할 때가 됐군."

우선 녀석을 뱃전을 따라 묶기 위한 올가미와 밧줄을 준비해야 해. 그가 이렇게 생각했다. 행여 나 말고 누군가가 또 있

어 녀석을 배에 싣는다 해도 그러다 보면 배에 물이 찰 것이고, 그 물을 퍼낸다 해도 이 배는 결코 녀석을 감당할 수 없을 거야. 만반의 준비를 해야겠다. 그런 다음 녀석을 끌고 와서 단단히 묶은 다음 돛을 올리고 집으로 돌아가자.

그는 고기를 뱃전으로 끌어오기 시작했다. 뱃전과 나란히 놓이도록 끌어온 다음, 줄을 아가미에 넣어 입으로 나오게 해서 고기의 머리를 뱃머리를 따라 단단히 묶기 위해서였다. 녀석을 눈으로 한번 확인하고 싶군. 노인이 생각했다. 손으로 만지고 느끼고 싶기도 해. 녀석은 내 재산이야. 노인의 생각이 이어졌다. 하지만 단지 그 때문에 녀석을 느끼고 싶은 건 아냐. 난 이미 녀석의 심장을 느꼈어. 계속 그의 생각이 이어졌다. 작살의 자루를 다시 한 번 밀어 넣었을 때였지. 자, 이제 녀석을 데리고 와서 머리를 단단히 묶어야겠다. 그런 다음 꼬리에도 올가미를 걸고, 몸통 한가운데에도 올가미를 걸어 배에 묶기로 하자.

"노인 양반, 이제 일을 시작하지그래." 그가 말하고는 물을 약간 마셨다. "이제 힘겨루기가 끝난 마당이니, 뒤치다꺼리를 해야지. 해야 할 일이 만만치 않아. 그래서 하는 말일세."

노인이 하늘을 올려다보고 이어서 고기에게 눈길을 던졌다. 그리고 해의 위치를 조심스럽게 살폈다. 정오를 넘긴 지 얼마 안 됐군. 그가 생각했다. 무역풍이 일고 있네. 낚싯줄들은 지금 손보지 않아도 돼. 집에 가서 아이와 함께 가닥을 풀고 새로 꼬아 이으면 될 테니까.

"자, 이리 오너라, 고기야." 그가 말했다. 하지만 고기는 오지 않았다. 대신 이제는 바다 한가운데 누워 물결에 흔들리고 있을 뿐이었다. 그래서 노인은 고기가 있는 곳까지 배를 저어 갔다.

고기의 곁에 있으면서도 여전히 노인은 고기의 엄청난 크기가 믿어지지 않았다. 고기의 머리를 뱃머리에 맞대놓고서도 여전히 그는 자신의 눈을 믿을 수 없었다. 하지만 그는 일을 시작했다. 먼저 뱃머리의 못에서 작살 줄을 풀었다. 이어서 이를 고기의 아가미에 넣어 턱으로 빼낸 다음 칼 모양의 뾰족한 주둥이를 한 번 감고, 이를 다른 쪽 아가미를 지나 빼내어 주둥이를 다시 한 번 더 감았다. 그런 다음 줄의 양쪽 끝을 하나로 모아 함께 얽어 매고는 다시 뱃머리의 못에 단단히 묶었다. 곧이어 그는 줄을 잘라 가지고 배의 뒤쪽으로 갔다. 꼬리 쪽을 올가미에 걸어 배에 묶기 위해서였다. 원래 보랏빛과 은빛을 띠고 있던 고기의 몸은 이제 은빛 일색으로 바뀌었다. 줄무늬들은 꼬리와 마찬가지로 엷은 보랏빛 색을 띠고 있었다. 줄무늬 하나하나는 어른이 손가락을 넓게 편 것보다 그 폭이 더 넓었고, 고기의 눈은 잠망경의 렌즈처럼 표정이 느껴지지 않았고 기도 행렬 속 성자의 눈처럼 초연해 보였다.

"녀석을 잡기 위해선 달리 방법이 없었어." 노인이 말했다. 물을 마시자 몸이 한결 편해졌다. 그는 이제 자신이 정신을 잃지 않으리라는 것을 알고 있었다. 머리 또한 개운해졌다. 모양 새로 보아 천5백 파운드는 넘어 나갈 꺼야. 그가 생각했다. 어 쩌면 그보다 더 나갈지도 몰라. 내장을 제거하고 손질을 하면 3 분의 2가량이 남을 텐데, 이를 파운드 당 30센트를 받게 되면?

"계산을 하려면 연필이 있어야겠군." 그가 말했다. "내 머 리는 지금 그런 계산을 할 만큼 맑지가 않아. 하지만 오늘 같 으면 아무리 위대한 선수 디마지오라 해도 날 자랑스러워할 걸. 디마지오처럼 본 스퍼가 있는 건 아니지만, 손과 등이 정 말로 엄청 아프군." 본 스퍼라는 게 뭘까, 정말로 궁금하군. 그 의 생각이 이어졌다. 어쩌면 그런 병이 몸에 있는데도 모르고 있는지도 몰라.

그는 고기를 뱃머리와 배 뒤쪽에 단단히 묶고, 배의 허리를 가로질러 있는 나무판에도 단단히 묶었다. 녀석이 어찌나 큰 지, 노인의 고깃배보다 한결 더 큰 고깃배를 옆에 묶어놓은 것 처럼 보였다. 그는 작살을 연결했던 줄을 한 조각 잘라내서 고 기의 아래턱을 칼처럼 생긴 주둥이에 붙이고 묶었다. 그렇게 해야 입이 벌어지지 않을 것이고, 그럼으로써 그들이 가는 뱃 길은 그만큼 더 순조로워질 것이었다. 곧이어 그는 돛을 세우 고, 그의 갈고리 자루이기도 한 막대를 활대*로 삼아 이를 돛대 아래쪽에 장착한 다음 조각조각 기운 누더기 돛을 드리웠다.

*돛대에 건 돛이 활짝 펴질 수 있도록 돛대의 아래쪽에 장착하는 길다란 막대. 이 활대의 끝에 돛 자락의 끝을 고정시킴으로써 돛을 활짝 펴지게 할 수 있다.

그러자 배가 움직이기 시작했다. 노인은 남서쪽을 향해 나아가는 배의 뒤쪽에 반쯤 몸을 뉘었다.

남서쪽이 어디인지를 알려줄 나침반이 그에게는 필요하지 않았다. 다만 무역풍이 어느 방향으로 부는가를 느끼고 돛을 드리우면 되었다. 소형 낚싯줄에다 후림 낚시 미끼를 달아 드리우기로 하자. 뭐든 잡아서 배도 채우고 수분도 보충해야 하니까 말이야. 하지만 후림 낚시 미끼는 배 안에서 찾을 수 없었고, 정어리도 이미 상해 있었다. 그래서 그는 달리는 배의 뱃전 너머 물속으로 갈고리를 넣어 노란색 해초 한 더미를 걷어 올렸다. 그런 다음 그 안에 있던 작은 새우들이 바닥에 떨어지도록 바닥에 이를 털었다. 열 마리도 넘는 새우가 나왔고, 녀석들은 모래벼룩처럼 바닥에서 이리저리 톡톡 튀기도 하고 바닥을 걷어차기도 했다. 노인은 엄지와 집게손가락으로 새우의 머리를 따내고는 껍질과 꼬리까지 몽땅 씹어 먹었다. 녀석들은 아주 작았지만, 영양분이 풍부할 뿐만 아니라 맛도 좋다는 것을 노인은 알고 있었다.

병에는 아직 두 모금의 물이 남아 있었다. 그는 새우를 먹은 다음 남은 있는 물 가운데 반 모금 가량을 마셨다. 옆에 묶어놓은 장애물을 감안한다면 배는 아주 잘 나가는 편이었으며, 그는 그런 배의 방향을 팔 밑에 끼고 있는 키로 조정했다. 노인은 고기를 두 눈으로 확인할 수 있었다. 또한, 양손을 바라보고 배의 뒤쪽에 기대고 있는 등의 통증을 느끼는 것으로 이 일이 정말로 일어난 것이지 꿈이 아니라는 것을 확인할 수 있었다. 고기와의 힘 겨루기가 끝나갈 무렵 너무도 몸이 안 좋았던 어느 순간에 그는 어쩌면 모든 것이 꿈인지도 모르겠다 생각했었다. 곧이어 고기가 물 밖으로 솟아올라와 아래로 곤두박질하기 직전 동작을 멈춘 채 공중에 떠 있는 모습을 보았을 때였다. 세상에는 무언가 엄청난 불가사의가 존재한다는 것을 확신하면서도, 노인은 그 광경을 도저히 믿을 수 없었다. 그런 광경이 눈앞에 펼쳐지는 순간 그는 앞을 제대로 볼 수도 없었다. 지금은 전과 마찬가지로 시력이 정상으로 돌아왔지만 말이다.

이제 노인은 고기가 있음을, 자신의 양손과 등의 아픔도 꿈속의 일이 아님을 감지하고 있었다. 손의 상처는 곧 나을 거야. 그가 생각했다. 피도 나올 만큼 나왔으니, 소금물이 상처를 곧 아물게 할거야. 멕시코 만의 검푸른 물보다 더 뛰어난 치료약은 세상 어디에도 없지. 내가 해야 할 일이라고는 머리를 맑게 하는 것뿐이야. 양손 모두 제 할 일을 다 잘 해냈고, 배도 순조롭게 나가고 있으니 말이야. 입을 꾹 다물고 꼬리를 위아래로 곧게 세운 녀석을 보노라면, 우린 마치 형제가 나란히 함께 앞으로 나아가고 있는 것 같아. 그때 그의 머리가 약간 흐려지기 시작했다. 그가 생각했다. 녀석이 나를 데리고 가는 걸까, 아니면 내가 녀석을 데리고 가는 걸까? 만일 내가 녀석을 뒤쪽에 묶어 끌고 가고 있다면, 누가 누구를 데리고 가는지는 명백해지겠지. 고기가 배 안에 있더라도 마찬가지야. 모든 위엄을 상실한 채 녀석이 잡혀가는 게 되겠지. 하지만 지금 우린 하나로 묶인 채 함께 나란히 바다를 헤쳐가고 있지 않은가. 노인의 생각이 이어졌다. 녀석이 원한다면, 녀석이 날 데리고 가는 것이라 해도 좋지. 내가 녀석보다 나은 게 있다면 기껏해야 술수를 쓸 줄 안다는 게 전부니까. 게다가 녀석은 나한테 해코지할 마음을 조금도 갖고 있지 않았어.

노인과 고기의 이동은 순조로웠다. 노인은 손을 짠 바닷물에 담근 채 머리를 맑게 하려 애썼다. 뭉게구름이 높다랗게 떠 있었으며, 그 위로는 새털구름도 제법 많이 떠 있었다. 이를 보고 노인은 미풍이 밤새도록 불 것임을 알았다. 노인은 자신이 고기를 잡은 것이 꿈이 아닌 현실임을 확인하기 위해 끊임없이 고기에게 눈길을 주었다. 상어의 첫 공격이 시작된 것은 한 시간이 지났을 때였다.

상어의 공격은 우연이 아니었다. 검은 피 구름이 깔리고 깊이가 1마일 가량인 바다로 번지자, 물속 저 깊은 곳에서 상어가 올라왔던 것이다. 아무런 거리낌도 없이 너무도 빠른 속도로, 상어는 푸른 바닷물의 표면을 박차고 나와 햇빛 속에 제 몸을 드러냈다. 곧이어 물속으로 되돌아간 녀석은 피 냄새를 확인하고 배와 고기가 지나온 자취를 따라 헤엄쳐오기 시작했다.

때때로 상어는 냄새의 흔적을 놓치기도 했다. 하지만 곧 다시 냄새를 또는 냄새의 흔적을 확인하고는 맹렬한 속도로 배가 지나간 자취를 따라 여기까지 온 것이었다. 녀석은 바다에서 그 어떤 고기보다 빠르게 헤엄을 칠 수 있도록 체형이 갖춰진 청상아리, 그중에서도 엄청나게 큰 청상아리였다. 턱을 빼고는 녀석의 몸 어느 한 구석도 아름답지 않은 곳이라고는 없었다. 녀석의 등은 황새치의 등만큼이나 푸른빛을 띠고 있었고, 배는 은빛으로 빛났으며, 피부는 매끄럽고 단정했다. 빠르게 헤엄쳐 오느라고 굳게 닫아놓은 녀석의 엄청난 턱을 제외하면 녀석은 황새치와 닮아 보였다. 녀석은 높이 세운 등지느러미를 미동도 하지 않은 채 칼로 가르듯 물을 헤치면서 수면 바로 아래를 빠르게 헤엄쳐온 것이었다. 꽉 다문 주둥이의 두 겹으로 된 입술 안에는 여덟 줄의 이빨이 죄다 안으로 기울어져 있었다. 대부분의 상어 이빨처럼 피라미드 꼴로 되어 있지 않고, 녀석들의 이빨은 사람이 손을 갈퀴처럼 오므렸을 때의 손가락과도 같은 모습을 하고 있었다. 그 이빨은 노인의 손가락만큼이나 길었고, 이빨 양쪽으로 면도날 같이 날카롭게 날이 서 있었다. 녀석들은 바다에 있는 모든 생물을 잡아먹고 살도록 몸의 조건이 갖춰진 고기였다. 또한 너무나 빠르고 강한 동시에 대적할 만한 상대가 따로 없을 정도로 너무도 무장이 잘 갖춰진 그런 고

기였다. 이윽고 신선한 피 냄새를 맡자 녀석이 속도를 올렸다. 그리고 등지느러미로 물을 가르며 다가왔다.

녀석이 다가오는 것을 보았을 때 노인은 이 녀석이 어떤 것도 두려워하지 않고 제가 원하는 대로 무슨 일이든 틀림없이 하고야 마는 상어임을 알았다. 그는 작살을 준비하고는 상어가 다가오는 것에 눈을 떼지 않은 채 작살에 밧줄을 단단히 걸었다. 작살에 건 밧줄은 고기를 묶기 위해 끊어낸 만큼 짧아진 것이었다.

이제 노인의 정신은 말짱했으며 결의로 가득차 있었다. 하지만 희망이 있어 보이지는 않았다. 어째, 일이 너무나 잘 풀리더니만. 그가 생각했다. 노인은 상어가 가까이 다가오는 것을 지켜보는 동안 거대한 고기에게 흘끗 눈길을 한 번 줬다. 차라리 꿈이라면 좋으련만. 그의 생각이 이어졌다. 녀석이 나를 공격하는 것을 막을 수는 없겠지만, 어쩌면 녀석을 잡을 수 있을지도 몰라. "덴투소*로군." 망할 놈의 자식.

상어가 빠르게 배 뒤쪽으로 다가왔다. 상어가 고기를 공격할 때 노인은 녀석의 입이 벌어지는 것과 녀석의 기묘한 눈과 이빨 부딪히는 소리를 내는 턱의 이빨들을 보았다. 꼬리 바로 위쪽에서 고기의 살점을 공격하는 동안 상어의 머리는 물 바깥으로 나와 있었으며, 등도 따라 나오고 있었다. 노인은 거

---

*스페인어 표현으로 거대한 이빨을 지닌 동물이나 사람을 뜻함. 여기에서는 물론 엄청난 이빨을 지닌 청상아리를 가리킨다.

대한 고기의 피부와 살점이 찢겨나가는 소리를 들을 수 있었다. 바로 그때 그는 작살을 상어의 머리에, 그것도 두 눈 사이의 선과 등에서부터 코가 있는 곳까지 이어져 있는 직선이 교차하는 지점에 박았다. 실제로 그런 선이 있는 것은 아니었다. 묵직하고 뾰족한, 푸른빛의 머리와 커다란 눈과 딸깍 소리를 내며 모든 것을 집어삼키는 튀어나온 턱이 있을 뿐이었다. 하지만 바로 그처럼 가상의 십자를 그은 지점에 녀석의 뇌가 있었고, 노인이 공격한 곳은 바로 그곳이었다. 그는 피로 물든 짓무른 양손으로 믿음직한 작살을 들어올려 있는 힘을 다해 바로 그 지점을 공격했다. 상어를 공격하는 그에게 희망이 있었던 것은 아니나, 그의 마음은 결의와 완벽한 적의로 가득차 있었다.

상어가 몸을 한 바퀴 돌렸다. 그런 상어의 눈이 살아 있는 생명체의 눈이 아님을 노인은 감지할 수 있었다. 곧이어 녀석이 다시 한 바퀴 더 몸을 돌렸다. 녀석은 이렇게 작살의 밧줄을 몸에 두 바퀴 돌려 감았다. 노인은 녀석이 이미 죽은 목숨인 것을 알고 있었지만, 상어는 이를 받아들이려 하지 않았다. 이윽고 녀석이 등을 물속으로 향한 채, 그러니까 거꾸로 몸을 뒤집은 채, 꼬리를 맹렬하게 움직이고 위아래 턱을 부딪쳐 요란한 소리를 내면서 쾌속정이 그러하듯 물을 가르고 앞을 향해 돌진했다. 녀석이 야단스럽게 꼬리를 치는 곳 주위로 하얀 포말이 일었으며, 몸의 4분의 3을 물 밖으로 내밀었을 때 작살의 밧줄이 팽팽해졌다. 팽팽해진 줄이 세차게 떨었다. 그러다 그만 끊어지고 말았다. 상어가 몸을 뉜 채 잠시 동안 물 위에 조용히 누워 있는 것을 노인은 지켜보았다. 곧이어 녀석은 아주 천천히 물속으로 가라앉았다.

"녀석이 대략 40파운드는 빼앗아갔군." 노인이 큰 소리로 말했다. 녀석은 내 작살과 밧줄까지 몽땅 가지고 가버렸어. 노인이 생각했다. 이제 내 고기가 다시 피를 흘리기 시작했으니 다른 녀석들이 오겠군.

그는 더 이상 고기를 바라보고 싶지 않았다. 훼손을 당했기 때문이었다. 고기가 공격을 당할 때 그는 마치 자기 자신이 공격을 당하는 것 같은 아픔을 느꼈다.

하지만 난 내 고기를 공격한 상어를 죽였어. 그가 생각했다. 지금껏 본 덴투소 가운데 그 녀석만큼 큰 건 없었어. 정말이지, 그처럼 큰 녀석을 보다니 믿어지지 않는군.

어째, 일이 너무나 잘 풀리더니만. 그가 생각을 이어갔다. 꿈이라면 얼마나 좋을까. 고기를 낚지도 않았고, 신문지를 깐 침대에서 그냥 혼자 누워있는 거라면 얼마나 좋을까.

"하지만 인간에게 패배란 있을 수 없어." 그가 말했다. "인간이라면 파괴를 당할지언정 그에게 패배란 있을 수 없지." 그래도 고기를 죽인 것이 영 마음이 걸리는 걸. 참으로 미안하게 됐어. 그의 생각이 이어졌다. 이제 곧 힘든 시간이 닥쳐올 텐데, 나한텐 작살조차 없으니! 덴투소는 잔인한 데다가 유능하고 강인할 뿐만 아니라 지능적인 놈이기도 해. 하지만 녀석보다는 내가 더 지능적이었지. 어쩌면 그렇지 않았는지도 몰라. 그의 생각이 계속 이어졌다. 다만 내가 좀 더 무기를 잘 갖추고 있었던 것뿐이었는지도 몰라.

"노인 양반, 쓸데없는 생각일랑 접어두게." 그가 큰 소리로 외쳤다. "이제까지 온 길을 따라 계속 가게. 그리고 일이 터지면 그때 가서 보게나."

하지만 난 생각을 멈춰서는 안 돼. 그가 생각했다. 나한테 남은 거라곤 생각이 전부니까 말이야. 그거하고 야구밖에 남은 게 없어. 위대한 선수 디마지오가 혹시 내가 덴투소의 뇌를 공격하는 걸 보았다면 마음에 들어 했을까? 하기야 뭐 그리 대단한 일도 아니지. 그의 생각이 멈추지 않았다. 누구라도 그렇게 할 수 있어. 하지만 망가져 통증에 시달리는 내 손이 본 스퍼만큼이나 엄청난 장애는 아니었을까? 그거야 알 수 없는 일이지. 내 발뒤꿈치에 문제가 있었던 적은 한 번도 없었으니까. 참, 수영을 하다가 노랑가오리를 밟았던 적이 있지. 그때 녀석이 독침을 쏘는 바람에 다리 아래쪽이 마비되고 참을 수 없을 만큼 엄청난 고통에 시달렸던 바로 그때를 빼고 말이야.

"노인 양반, 뭔가 좀 즐거운 일을 생각해보시지그래." 그가 말했다. "예컨대, 이제 매 순간이 지날 때마다 그만큼 더 집에 가까워지게 되었다. 40파운드를 잃어 집에 가는 속도가 그만큼 더 빨라졌다, 뭐 그런 것 말이야."

그는 조류의 한가운데에 이르게 되면 앞으로 어떤 식으로 일이 진행될 것인가에 대해 너무도 잘 알고 있었다. 하지만 현재로서는 달리 방도가 없었다.

"그렇지, 방도가 있긴 해." 그가 큰 소리로 말했다. "노의 손잡이에 칼을 묶으면 되겠군."

그래서 그는 키를 팔 아래에 끼고 돛의 아딧줄*을 발로 누른 채 그 일을 했다.

"자." 그가 말했다. "난 여전히 늙은이에 불과할지 몰라. 하지만 아무런 무장도 갖추고 있지 않은 건 아니야."

이제 미풍이 새롭게 기운을 얻기 시작했고, 그의 배는 잘 나아가고 있었다. 그는 고기의 머리 부분만을 바라보았다. 그러자 조금이나마 희망이 되살아났다.

희망을 잃는다는 건 어리석은 일이야. 그가 생각했다. 어리석은 일일 뿐 아니라 죄악이지. 하지만 죄에 대해서는 고민하지 말자. 그의 생각이 계속 이어졌다. 죄를 문제 삼아 생각하지 않더라도 지금 이 순간 생각해야 할 문제들이 너무나 많지 않은가? 게다가 난 죄가 뭔지 알지도 못해.

죄가 뭔지도 알지 못하지만, 죄라는 게 존재한다는 걸 내가 믿고 있는지에 대해서도 자신이 없어. 어쩌면 고기를 죽인 게 죄인지도 몰라. 비록 내가 생계를 유지하고 다른 많은 사람들

---

*바람을 받는 각도를 조절하기 위해 돛에 매어놓은 줄.

에게 먹을거리를 제공하기 위해 그 일을 했다 해도 죄는 죄일 거야. 그렇다면 세상에 죄 아닌 게 없겠군. 아무튼, 지금은 죄에 대해 생각하지 말자. 이제 와서 그걸 생각하기엔 너무 늦었고, 죄에 대해 생각하는 일로 돈을 버는 사람들은 따로 있지 않은가. 그런 사람들이나 이 문제를 놓고 실컷 생각하라지, 뭐. 고기가 고기로 태어난 것이 숙명이듯 자네가 어부로 태어난 것도 숙명이 아닌가. 위대한 선수 디마지오의 아버지도 어부였듯 산 페드로*도 어부였어.

하지만 그는 자신과 관련이 있는 모든 일에 대해 생각하기를 즐겼다. 읽을 책도 없고 라디오도 없기 때문에, 그는 생각을 하는 데 많은 시간을 보냈다. 그래서 그는 계속 죄에 대해 생각을 이어갔다. 자넨 단순히 생계를 유지하고 이를 먹을거리로 팔기 위해 고기를 죽인 건 아니야. 그가 생각을 계속했다. 자넨 자부심을 지키기 위해 녀석을 죽인 거고, 또 어부이기 때문에 녀석을 죽인 거야. 자넨 녀석이 살아 있을 때도 녀석을 사랑했고 그 후에도 녀석을 사랑하고 있지 않나. 만일 자네가 녀석을 사랑한다면, 녀석을 죽인 건 죄일 수 없어. 아니면, 죄보다 더 나쁜 것이 되는 건 아닐까?

"노인 양반, 생각이 너무 많군." 그가 큰 소리로 말했다.

하지만 자넨 덴투소를 죽이는 일을 즐기지 않았나? 그가 생

---

* 예수의 열두 제자 가운데 한 사람인 베드로의 스페인어식 표현. 베드로는 예수의 제자가 되기 전에 어부였음.

각을 계속 이어갔다. 자네와 마찬가지로 녀석도 살아 있는 고기를 잡아 그걸로 살아가지. 녀석은 죽은 고기의 시체를 뜯어먹고 사는 놈도 아니고, 몇몇 다른 상어들이 그러하듯 식욕만 채우려 하는 식충이도 아니야. 녀석은 아름답고 고상한 데다가 그 어떤 두려움도 모르는 그런 존재지.

"그래, 내가 녀석을 죽인 건 자기 방어의 차원에서였어." 노인이 큰 소리로 말했다. "그리고 난 녀석을 깨끗하게 해치웠어."

게다가 말이야. 그의 생각이 계속 이어졌다. 어찌 보면, 서로가 서로를 죽임으로써 제 목숨 부지하는 게 세상 아닌가. 심지어 고기 잡는 일도 그래. 그건 날 살리는 일인 동시에 바로 그런 만큼 날 죽이는 일이기도 해. 하지만 아이는 날 살리기만 하지. 그의 생각이 계속되었다. 나 자신을 너무 속여서는 안돼.

노인은 뱃전 너머로 몸을 굽혀 상어가 물어뜯어놓은 고기의 살점 한 조각을 떼어냈다. 그는 그것을 씹으면서 그 맛을 음미했다. 아주 질이 좋은 고기인 데다 맛도 아주 좋았다. 고기의 살점은 육지 동물의 살점처럼 탄력 있고 촉촉했다. 하지만 붉지는 않았다. 질긴 섬유질도 느껴지지 않았다. 시장에서 최고의 값을 받을 수 있으리라는 것을 그는 알 수 있었다. 하지만 그 냄새를 바다에서 거둬들일 방도는 없었다. 노인은 이제 곧 힘든 시간이 닥쳐오리라는 것을 예감했다.

변함 없이 미풍이 불고 있었다. 하지만 북동쪽으로 약간 방향이 바뀌긴 했다. 이는 바람이 멈추지 않을 것임을 뜻한다는 것을 노인은 알고 있었다. 노인은 눈길을 먼 곳으로 향해 앞을 바라보았지만, 지나가는 배의 돛도, 선체도, 증기선의 연기도 보이지 않았다. 다만 앞을 향해 나아가는 배의 뱃머리 양쪽에서 날아올라 그 뒤로 사라지는 날치들과 노란색 해초 더미들만이 보일 뿐이었다. 심지어 새 한 마리조차 눈에 띄지 않았다.

바람을 받아 앞으로 나아가는 배의 뒤편에서 노인은 두 시간 가량 쉬었다. 때때로 청새치의 몸에서 가져온 약간의 살점을 씹어먹기도 하면서, 충분히 쉬면서 힘을 비축하려 했다. 이윽고 그는 다가오는 두 마리의 상어 가운데 먼저 모습을 드러낸 녀석을 보았다.

"아이!" 그의 입에서 큰 소리의 외마디 비명이 흘러나왔다. 이는 다른 말로 옮기기가 불가능한 말이다. 어쩌면 일종의 소음, 못이 손바닥을 뚫고 들어가 나무에 박히는 것을 느끼면서 그와 같은 사람이 자기도 모르게 그냥 내뱉는 소음이라 해야 할 것이다.

"갈라노*!" 그가 큰 소리로 외쳤다. 앞서 오고 있는 녀석 뒤에 또 한 녀석이 따라오는 것이 보였다. 갈색의 삼각형 지느러미와 꼬리의 재빠른 움직임으로 보아 납작코상어임을 알 수 있었다. 녀석들은 피 냄새를 맡고 흥분해 있었다. 엄청난 굶주림 때문에 머리가 멍청해진 녀석들은 너무나 흥분한 나머지 냄새를 놓쳤다 되찾기를 되풀이했다. 그러면서 녀석들은 내내 조금씩 가까이, 더 가까이 다가온 것이었다.

노인은 서둘러 아딧줄로 돛을 움직이지 않게 묶어놓고, 키도 단단히 고정시켜놓았다. 이어서 칼을 묶어놓은 노를 집어 들었다. 가능한 한 힘을 주지 않고 살짝 들어올렸다. 그의 양손이 고통 때문에 말을 잘 들으려 하지 않기 때문이었다. 곧이어 그는 손의 근육을 풀어주기 위해 노를 쥐고 있는 양손을 가볍게 펼쳤다 접었다. 그리고 마치 이제는 고통을 받아들여야지 움찔하며 뒤로 물러서지 말라는 듯 노를 든 양손을 굳게 쥐었다. 그런 다음 상어들이 다가오는 것을 지켜보았다. 이제 그는 상어들의 널찍하고 납작하며 삽처럼 끝이 뾰족한 머리와 끝이 하얀 널찍한 가슴지느러미를 볼 수 있었다. 녀석들은 혐오스럽고 악취가 나는 상어였다. 살아 있는 고기를 잡아먹기도 하지만 죽은 고기의 시체를 뜯어먹기도 하는 놈들이었다. 배가 고플 때는 배의 노나 방향타를 물어뜯기도 하는 그런 놈들이었다. 거북이가 물 위에서 잠들어 있을 때 다리나 지느러미 발을 마구 물어뜯는 상어도 바로 이 놈들이었다. 놈들이 굶주렸을

---

*'갈라노(galano)'는 스페인어로 '우아한, 아름다운, 멋진'의 뜻을 갖는 말로, 쿠바에서 이는 몇 종류의 상어를 가리키는 데 사용되고 있다. 지방마다 '갈라노'라는 이름으로 불리는 상어가 다른데, 소설에서는 뒤에서 밝혀지고 있듯 'shovel-nosed shark'를 가리킨다. 이 이름은 상어의 앞부분이 삽처럼 생겼다고 해서 붙여진 것으로, 이 상어를 부르는 우리말 명칭은 아직 확립된 것이 없기 때문에 본 역서에서는 '납작코상어'로 부르기로 한다. 한편, 이 상어는 모양이 기타처럼 생겼다고 해서 'guitarfish'로 불리기도 한다.

때는 물속에 있는 사람에게까지 가차없이 공격을 가했다. 비록 그 사람이 고기의 피 냄새나 고기 비린내를 몸에서 풍기지 않더라도 말이다.

"아이!" 노인의 입에서 다시 한 번 큰 소리의 외마디 비명이 흘러나왔다. "갈라노 놈들! 이놈들 갈라노야, 덤빌 테면 덤벼라."

놈들이 덤벼들었다. 하지만 청상아리와는 다른 방식으로 덤벼들었다. 한 놈은 몸을 돌리더니 배 아래쪽으로 숨어들었다. 놈이 갑작스럽게 몸을 움직여 고기를 잡아당기자 노인은 배가 흔들리는 것을 느낄 수 있었다. 다른 한 놈은 쭉 찢어진 노란 눈으로 노인을 지켜보다가, 반원형의 양 턱을 넓게 벌린 채 재빨리 덤벼들어 이미 물어뜯긴 자리를 공격했다. 노인에게는 놈의 갈색 머리의 꼭대기에서 그 뒤쪽 뇌와 척추가 만나는 지점까지 그어진 선이 선명하게 보이는 듯했다. 뇌와 척추가 만나는 바로 그 지점에 노인은 노의 손잡이에 매놓은 칼을 힘껏 박았다. 박았다 뺀 칼을 다시 고양이 눈처럼 노란 상어의 눈에 박았다. 상어는 물던 고기를 놓고 미끄러져 내려갔다. 죽으면서

도 뜯어낸 고기의 살점을 삼키면서.

배는 다른 한 마리의 상어가 고기에게 가하는 파괴의 몸짓 때문에 여전히 흔들리고 있었다. 노인은 돛을 묶어놓았던 아 딧줄을 풀었다. 배가 옆으로 휙 돌자 밑에 있던 상어가 모습을 드러냈다. 상어의 모습이 보이자마자 노인은 뱃전 너머로 몸을 숙이고 일격을 가했다. 하지만 그가 칼로 내리친 곳은 살 조 직이 있는 부위였을 뿐이며, 그나마도 상어의 가죽이 너무 단 단해서 거의 뚫지 못했다. 칼날의 반동에 따른 충격 때문에 손 뿐만 아니라 어깨에도 통증이 왔다. 통증을 달랠 틈도 주지 않 고 곧바로 상어가 머리를 쳐들고 재빨리 물 위로 올라왔다. 놈 의 코가 물 밖으로 나와 고기의 몸으로 달려드는 순간, 노인은 놈의 넓적한 머리 중심부를 정통으로 한 대 내리쳤다. 노인은 칼날을 빼낸 다음 정확하게 같은 지점에 또 한 차례 일격을 가 했다. 놈은 여전히 고기에게 턱을 박은 채 매달려 있었다. 이에 노인은 칼로 놈의 왼쪽 눈을 찔렀다. 하지만 상어는 여전히 고 기한테서 떨어지지 않았다.

"안 떨어지겠다고?" 노인이 말했다. 그리고 놈의 척추와 뇌 사이의 지점에 칼날을 박았다. 이번에는 칼날이 쉽게 들어갔으 며, 상어의 연골 조직이 잘려나가는 것을 느낄 수 있었다. 노인 은 잡고 있던 노의 위아래를 바꿔 노깃을 상어의 양 턱 사이에 끼고 벌리려 했다. 양 턱 사이에 끼어 넣은 노깃을 비틀자, 상 어가 물었던 것을 놓고 주르르 미끄러져 물 위로 떨어졌다. 이를 보며 노인이 외쳤다. "잘 한다, 갈라노, 이놈! 미끄러져 내려가 바다 깊이 처박혀라. 가서 네 친구나 만나거라. 아니 네 어미인지도 모르겠다만."

노인은 칼날을 닦고 노를 내려놓았다. 곧이어 그는 아딧줄을 찾아 돛이 바람을 가득 받게 했다. 그런 다음 다시 가던 길을 재촉했다.

"녀석들이 고기의 4분의 1은 가져갔을 거야. 그것도 제일 좋은 부위로 말야." 그가 큰 소리로 말했다. "꿈이라면 얼마나 좋을까. 내가 저 녀석을 아예 잡지 않았더라면 얼마나 좋았을까. 고기야, 널 잡은 것, 정말 미안하구나. 그것 때문에 모든 일을 그르치고 말았어." 그가 말을 멈췄다. 이제 고기에게 눈길을 주고 싶지가 않았다. 피를 다 쏟고 물에 씻겨져 녀석의 몸은 은색 도금을 한 거울 뒷면 같은 색깔을 띠고 있었다. 하지만 줄무늬는 여전했다.

"고기야, 그처럼 멀리 나간 내가 잘못이야." 그가 말을 이었다. "너를 위해서도, 나를 위해서도 그처럼 멀리 나가는 게 아니었는데. 고기야, 정말 미안하다."

이제, 그가 자기 자신을 향해 말했다. 칼을 묶어놓은 끈이 어떤가 확인해보게. 혹시 끊어진 곳이 없나 살피란 말일세. 그리고 자네 손들도 좀 보살펴주게. 아직 놈들이 더 올 테니까 말이야.

"칼을 갈 숫돌이 있으면 좋겠는데." 노의 손잡이에 칼이 잘 묶여 있는가를 살핀 다음 노인이 이렇게 말했다. "숫돌을 가져왔어야 했어." 그것 말고도 가져왔어야 했던 게 참 많군. 그가 생각했다. 하지만, 노인 양반, 자넨 결국 안 가져오지 않았나? 지금은 자네 주위에 없는 걸 놓고 이러저러한 생각에 잠겨 있을 때가 아니야. 현재 있는 걸 갖고 무얼 어떻게 할 수 있는가를 생각해야 해.

"참으로 지당한 충고를 많이도 하는군." 그가 큰 소리로 말했다. "지겨우니 이젠 좀 그만하게."

그는 팔 아래에 키 손잡이를 끼고, 앞으로 나아가는 배에서 팔을 뻗어 양손을 바닷물에 담갔다.

"마지막 놈이 얼마나 가져갔는지 알 수가 없군." 그가 말했다. "하지만 배가 나아가는 느낌이 한결 가벼워졌어." 그는 고기의 망가진 아랫부분에 대해 생각하고 싶지 않았다. 상어가 배에까지 충격을 가하며 부딪힐 때마다 고기의 살점이 떨어져 나갔으리라는 것을 알고 있었다. 또한 바다에 널찍한 고속도로를 닦아놓은듯 온갖 상어들을 몰려오게 할 널찍한 냄새 자국이 고기의 몸에서 시작하여 만들어져 있으리라는 것도 알고 있었다.

녀석은 한 사람의 생활을 겨우내 보장해줄 그런 고기였어. 그의 생각이 이어졌다. 그것에 대해선 더 이상 생각하지 말자. 그저 푹 쉬면서 손을 좀 더 보살피기로 하자. 남은 것이라도 방어하기 위해 필요한 건 그거지. 지금 물속에는 피냄새가 진동

할테니 그것에 비하면 내 손에서 나는 피 냄새는 아무것도 아닐 거야. 게다가 피가 그리 많이 나는 것도 아니야. 문제가 될 만큼 심각한 상처가 있는 것도 아니고, 피가 나니 왼손에 경련이 일지도 않을 거야.

이제 또 생각해볼 만한 게 뭐가 있지? 그의 생각이 이어졌다. 아무것도 없어. 아무것도 생각하지 말고 다음에 올 놈들에 대한 대비를 해야 해. 이게 정말 모두 다 꿈이라면 얼마나 좋을까. 그의 생각이 계속 이어졌다. 하지만 누가 알아? 일이 잘 풀릴지도 몰라.

다음에 접근해온 놈도 납작코상어였는데, 이번에는 혼자였다. 만일 돼지가 사람 머리를 넣어도 될 만큼 커다란 입을 가졌다면 돼지나 다름없는 그런 놈이었다. 놈은 돼지가 죽통에 코를 처박듯 달려들었다. 노인은 놈이 고기에게 달려들도록 내버려둔 다음, 노에 묶어놓은 칼을 놈의 뇌에 내리꽂았다. 상어가 몸을 뒤집으면서 갑작스럽게 뒤로 물러났으며, 그 바람에 칼날이 부러지고 말았다.

노인은 배를 조종하는 데 신경을 집중했다. 거대한 상어가 천천히 물속으로 가라앉는 것에 힐끗 눈길조차 주지 않았다. 그가 눈길을 돌리고 있는 사이에 상어는 실물 크기에서 점점 작아지다 마침내 하나의 점이 되어 물속으로 사라졌다. 그렇게 사라지는 모습은 항상 노인을 매혹하곤 했다. 하지만 이번에는 눈길조차 주지 않았던 것이다.

"이제 갈고리가 남았군." 노인이 말했다. "하지만 그건 별소용이 없을 거야. 그래도 나한텐 아직 노가 두 개 있고 키 손잡이에다가 짤막한 몽둥이도 있어."

이제 내가 놈들한테 당할 차례가 됐군. 그의 생각이 이어졌다. 난 몽둥이로 상어를 두들겨 패 죽이기엔 너무 늙었어. 하지만 나한테 노가 있고 짤막한 몽둥이가 있고 또 키 손잡이가 있는 이상 버틸 수 있는 한 버틸 거다.

노인이 다시 한 번 양손을 물에 담가 흠뻑 젖게 했다. 이제 오후의 막바지로 접어들었지만, 그의 시야엔 바다와 하늘뿐, 아무것도 보이지 않았다. 그리고 전보다 바람이 더 세졌다. 거세진 바람을 받으며 그는 어서 육지가 나오기를 바랐다.

"노인 양반, 자넨 지쳐 있어." 그가 말했다. "자넨 속속들이 지쳐 있는 거야."

해가 지기 직전까지 상어들이 다시 공격해 오지는 않았다. 하지만 해가 졌을 때 노인은 고기가 물속에 만들어내고 있을 바로 그 널찍한 냄새의 자취를 따라 두 개의 갈색 지느러미가 따라오고 있는 것을 보았다. 그것들은 냄새를 따라 이리저리 우왕좌왕하지도 않았다. 나란히 헤엄쳐 배를 향해 곧장 달려오고 있었다.

노인은 키를 고정시키고 아딧줄로 돛을 묶어놓은 다음 배의 뒤쪽 나무판 아래에 있는 몽둥이를 잡아 들었다. 그것은 부러진 노의 손잡이를 톱질해서 만든 것으로, 길이로는 2.5피트가 되었다. 손잡이의 쥠새 때문에 단지 한 손으로만 효율적으로 사용할 수 있는 몽둥이였다. 그는 오른손에 이를 단단히 쥔 채 상어들이 다가오는 것을 지켜보면서 손목 관절의 긴장을 풀었다. 두 놈 다 갈라노였다.

앞서 오는 놈에게 먹이를 꽉 물게 한 다음 이놈의 코 한가운데나 머리 꼭대기를 가로질러 정통으로 타격을 가하기로 하자. 노인이 생각했다.

두 놈이 서로의 거리를 좁혔다. 그리고 그가 눈길을 주고 있는 동안 그와 가까운 쪽에 있던 놈이 턱을 벌려 고기의 은빛 감도는 옆구리를 깊숙이 물었다. 이를 보자 노인은 몽둥이를 높이 치켜들어, 상어의 널찍한 머리 꼭대기를 온 힘을 다해 세차게 내리쳤다. 몽둥이가 놈의 머리에 부딪치는 순간 그는 고무처럼 말랑말랑하면서도 견고한 상어의 몸 조직을 느낄 수 있었다. 또한 몽둥이가 단단한 뼈에 가서 닿는 것도 느낄 수 있었다. 그는 상어가 고기한테서 미끄러지듯 떨어져 몸을 빼려는 순간 상어의 코끝을 가로질러 다시 한 번 강하게 내리쳤다.

다른 한 놈의 상어가 다가왔다가 멀어지기를 되풀이하더니, 다시 턱을 넓게 벌리고 다가왔다. 놈이 고기에게 돌진하여 덥석 물고는 턱을 다물었을 때 노인은 고기의 살점 조각들이 그놈의 턱 끄트머리에서 하얗게 흘러내리는 것을 볼 수 있었다. 노인은 놈을 향해 몸을 재빨리 돌리고는 몽둥이로 머리 부분을 내리쳤다. 그러자 상어가 그를 한 번 바라보고는 살점을 턱으

로 비틀어 뜯어냈다. 놈이 미끄러지듯 살짝 빠져나가면서 물어 뜯은 고기의 살점을 삼키려 할 때 노인은 다시 한 번 몽둥이로 놈을 내리쳤다. 하지만 타격을 가하는 그의 손에는 묵직하고 견고한 고무질의 몸 조직만이 느껴질 뿐이었다.

　"갈라노, 이놈, 덤빌 테면 덤벼라." 노인이 말했다. "덤빌 테면 다시 덤벼 보란 말이다."

　상어가 쏜살같이 돌진해왔으며, 노인은 놈이 턱을 다물 때를 노려 세게 내리쳤다. 그는 녀석을 제대로 내리쳤다. 들어올릴 수 있는 한 높이 몽둥이를 들어올려 강력하게 내리쳤던 것이다. 이번에는 뇌를 받쳐주는 뼈가 몽둥이에 와 닿는 느낌을 받았다. 상어가 굼뜬 동작으로 고기의 살점을 물어뜯어내고는 고기에서 미끄러지듯 몸을 빼려 할 때 그는 내리쳤던 자리를 다시 한 번 내리쳤다.

　노인은 놈이 다시 공격해오기를 기다렸으나 두 놈 다 다시 모습을 드러내지 않았다. 하지만 곧이어 한 놈이 수면 위에서 원을 그리며 헤엄을 치는 것을 볼 수 있었다. 다른 놈의 지느러미는 보이지 않았다.

놈들을 죽일 수 있을 거라는 기대는 애초 하지도 않았어. 그가 생각했다. 내 나이 한창 때는 그럴 수도 있었겠지. 하지만 두 놈 모두 심각한 상처를 입었을 거야. 그래서 두 놈 다 지금 몸이 성치는 못 할거야. 만일 내가 양손으로 방망이를 휘두를 수만 있었다면 첫째 놈은 확실히 죽일 수도 있었을 텐데. 지금 이 나이에도 말이야. 그의 생각이 이어졌다.

노인은 고기에게 눈길을 주고 싶지 않았다. 고기의 절반이 망가졌으리라는 것을 그는 알고 있었다. 그가 상어들과 싸움을 하는 동안 해는 이미 졌다.

"곧 어두워지겠군." 그가 말했다. "그러면 아바나 항구의 불빛을 볼 수 있겠지. 내가 동쪽으로 너무 멀리 와 있다면, 낯선 해안의 불빛이라도 볼 수 있을 거야."

지금 해안에서 너무 멀리 떨어져 있는 것은 아닐 거야. 그의 생각이 이어졌다. 아무도 너무 걱정하지 않았으면 좋겠는데. 물론 걱정할 친구라곤 아이밖에 없지. 하지만 분명히 그 아이는 내가 괜찮을 거라 확신하고 있을 거야. 나이든 동료 어부들 가운데 많은 이들이 아마도 걱정하고 있겠지. 그리고 다른 많은 사람들도 그럴 테고. 그가 계속 생각을 멈추지 않았다. 내가 살고 있는 마을은 참으로 따뜻한 정이 느껴지는 곳이지.

그는 더 이상 고기에게 말을 걸 수 없었다. 고기가 너무도 심하게 망가졌기 때문이었다. 이때 문득 그의 머리에 떠오르는 생각이 있었다.

"반만 남은 고기야." 그가 말했다. "넌 제대로 된 고기였는데. 내가 너무 멀리 나간 것 때문에 이런 일이 벌어져 나도 후회하고 있단다. 내가 우리 둘을 다 망가뜨린 거야. 하지만 우린 상어를 여러 마리 죽이기도 했어. 너와 나 둘이서 말이야. 게다가 몇 놈의 몸을 망가뜨리기도 했지. 제법 나이가 들어 보이는 고기야, 넌 얼마나 많은 고기를 죽였니? 네 머리에 있는 칼과 같은 주둥이는 그냥 멋을 부리기 위한 건 아니겠지?"

노인은 즐거운 마음으로 고기에 대해 이러저러한 생각에 잠겼다. 만일 녀석이 지금 자유롭게 헤엄을 치고 있다면, 상어한테 어떤 공격을 가할 수 있을까? 고기의 저 주둥이를 잘라내어 놈들과 싸우는 데 썼어야 했는데. 그가 생각을 이어갔다. 하지만 도끼도 없고 이젠 칼마저 없어.

하지만 도끼나 칼이 있어 그걸 잘라내어 노의 손잡이에다가 묶는다면, 얼마나 대단한 무기가 될까. 그러면 우린 녀석들에 맞서 함께 싸울 수도 있었는데. 노인 양반, 오늘 밤 놈들이 다가오면 자넨 어쩔 셈인가? 자네가 할 수 있는 일이 대체 무언가?

"싸우는 거다." 그가 말했다. "죽을 때까지 놈들과 싸움을 계속하는 거다."

이제 세상은 어둠에 싸여 있었고, 사람 사는 곳이 있음을 알리는 하늘의 환한 기운도, 수평선 너머로 불빛도 보이지 않았다. 다만 바람이 불고 있었고, 바람이 이끄는 대로 돛이 일정한 속도로 끌려가고 있을 따름이었다. 순간 자신이 어쩌면 이미 죽어 있는 것인지도 모르겠다는 생각이 노인을 엄습하기도 했다. 그는 두 손을 모아 쥐고 손바닥의 느낌을 가늠해 보았다. 그의 손은 죽지 않았으며, 손을 접었다 폈다 하는 동작을 되풀이한 것만으로도 그는 삶의 고통을 되살릴 수 있었다. 그는 등을 배 뒤쪽에 기댄 채 자신이 아직 죽지 않았음을 실감했다. 어깨가 그에게 그가 살아 있음을 알려주었던 것이다.

내가 고기를 잡으면 올리겠다고 약속했던 그 모든 기도가 아직 남아 있지. 그의 생각이 이어졌다. 하지만 그 기도를 올리기엔 지금 내가 너무 지쳐 있어. 자루를 꺼내다가 어깨를 덮어주는 게 좋겠군.

그는 배의 뒤쪽에 누운 채 배의 방향을 조정하면서 희미한 빛이 하늘에 나타나는가를 살폈다. 난 아직 고기의 앞부분 절반과 함께 있어. 어쩌면 운이 좋아 이와 함께 돌아갈 수 있을지도 몰라. 운이 좋아야 하는데. 아니야, 그럴 리 없어. 그가 속으로 말했다. 자네가 너무 멀리 바다로 나갔을 때 자넨 이미 자네의 운을 거역한 거야.

"바보 같은 생각일랑 집어치워." 그가 큰 소리로 외쳤다. "정신차리고 배나 몰게. 운은 아직도 자네 편이야."

"그걸 파는 데가 있다면, 좀 샀으면 좋겠군." 그가 말했다.

무엇으로 그걸 살 수 있을까? 그가 자신에게 물었다. 잃어버린 작살과 부러진 칼과 망가진 이 두 손으로?

"그럴 수도 있겠지." 그가 말했다. "자넨 바다에서 보낸 84일의 노고로 그걸 사려고 했어. 바다는 그걸 자네한테 거의 팔 듯 했었고."

쓸데없는 생각일랑 그만두자. 그가 생각했다. 운이란 갖가지 다양한 모습으로 인간에게 오게 마련이니, 온다 한들 누가 그걸 알 수 있겠어? 하지만 어떤 모습으로 오든 조금은 갖고 싶군. 대가를 지불하고서라도 말이야. 사람 사는 곳이 있음을 알리는 하늘의 환한 기운이라도 어서 볼 수 있으면 좋으련만. 그가 생각했다. 난 원하는 게 너무 많아. 하지만 내가 지금 원하는 건 그거야. 노인은 배를 모는 데 좀 더 편한 자세를 찾으려 했다. 그리고 느껴지는 고통으로 보아 자신이 죽지 않았음을 깨닫기도 했다.

대략 밤 10시쯤 되었을 때 그는 도시의 불빛이 하늘에 반사되고 있는 것을 볼 수 있었다. 처음엔 너무도 희미하여 그 불빛이 달이 뜨기 전에 하늘이 환해지는 것이라 생각하기도 했다. 이윽고 그 빛은 바다 너머로, 강해진 바람 때문에 이제 거칠어진 바다 너머로 변함 없이, 줄곧 보였다. 그는 희미한 빛의 한가운데로 배를 몰아갔다. 그리고 곧 해류*의 가장자리에 이르게 되리라 생각했다.

*이때의 해류는 멕시코 만류.

이제 싸움은 끝났군. 그가 생각했다. 어쩌면 놈들이 다시 공격해 올지도 몰라. 하지만 어둠 속에서 무기도 없이 인간이 놈들에게 대항하여 할 수 있는 일이란 과연 무엇일까?

몸이 결리고 쑤셨으며, 상처나 난 부위와 긴장했던 몸의 온갖 부위가 밤의 한기로 인해 더욱 통증에 시달리게 되었다. 다시 싸움이 시작되지 않았으면 좋겠어. 그가 생각했다. 정말로 다시 싸움이 시작되지 않았으면 좋겠어.

하지만 자정 무렵 싸움은 다시 시작되었다. 이번에는 아무런 승산이 없는 싸움이었다. 놈들은 무리 지어 덤벼들었으며, 그는 놈들의 지느러미가 물속에서 그리는 선과 놈들이 고기를 향해 온몸으로 덤벼들 때 몸에서 흘러나오는 인광만을 볼 수 있을 뿐이었다. 몽둥이로 놈들의 머리를 내려치는 동안, 그는 놈들의 턱이 고기의 살점을 잘라내는 소리를, 놈들이 고기의 아래 부분을 공격할 때마다 배가 흔들리는 소리를 감당해야 했다. 그는 느낌과 소리에 의지하여 필사적으로 몽둥이를 내려쳤다. 그리고 무언가가 몽둥이를 잡아채는 것을 느꼈으며, 곧 몽둥이마저 잃게 되었다.

그는 키에서 손잡이를 급히 빼내어 이를 양손으로 움켜잡고 아래를 향해 쉴 새 없이 내리쳤다. 그렇게 두들겨 패고 내리찍기를 되풀이했다. 하지만 이제 놈들은 뱃머리까지 다가와, 차례로 달려들었고 이내 무리 지어 한꺼번에 달려들었다. 다시 한 번 몸을 돌려 달려들어서는 물속에서 환한 빛을 던지고 있던 고기의 살점을 가차없이 잡아뜯었던 것이다.

마침내 한 놈이 심지어 고기의 머리까지 노리고 달려들었다. 이때 노인은 싸움이 끝났음을 알았다. 그는 상어의 턱으로는 찢어발길 수 없는 고기의 묵직한 머리에까지 턱을 박은 상어의 머리를 가로질러 키 손잡이를 휘둘렀다. 그는 한 번, 두 번, 그리고 다시 또 한 번, 키를 휘둘러 내리쳤다. 키가 부러지는 소리가 들렸다. 그는 부러진 키 손잡이로 상어를 내리찍었다. 그는 키 손잡이가 녀석의 몸 속에 박히는 것을 느꼈고, 그 끝이 날카롭다는 것을 의식하면서 다시 한 번 이를 상어의 몸에 박았다. 상어가 물고 있던 것을 놓고 몸을 뒹굴며 떨어져 나갔다. 그 놈은 무리 지어 몰려온 상어 떼 가운데 마지막 놈이었다. 뜯어먹을 것이 더 이상 남아 있지 않았던 것이다.

이제 노인은 거의 숨조차 제대로 쉴 수 없을 지경이 되었다. 그 순간 그는 입안에 묘한 맛이 감돌고 있음을 느꼈다. 달콤하면서 구리(銅)를 입에 넣은 것 같은 느낌이 들었다. 잠시 걱정이 되었다. 하지만 양이 많지는 않았다.

그는 입 안에 고인 것을 바다에 뱉으며 이렇게 말했다. "갈라노, 이놈들, 이것도 처먹어라. 그리고 인간 하나 죽이는 꿈이라도 꿔라."

그는 이제 자신이 마침내 졌다는 사실을, 그것도 돌이킬 수 없을 만큼 깨끗하게 지고 말았다는 사실을 알았다. 그는 배의 뒤편으로 가서 부러진 키 손잡이의 삐죽삐죽한 끝을 방향타의

홈에 끼워 보았다. 그렇게 해서 부러지긴 했지만 배의 방향을 조정하기에 충분할 정도로 잘 들어가는 것을 확인했다. 그는 자루를 어깨에 두른 다음 배를 앞으로 나아가게 했다. 이제 배는 가볍게 앞으로 움직였다. 그는 어떤 생각에도, 어떤 느낌에도 매달리지 않았다. 이제 그에게 모든 것은 과거의 일이 되었다. 그는 가급적 안전하게 그리고 지혜롭게 배를 몰아 집으로 향했다. 한밤에 상어들이 뼈만 남은 고기의 몸통을 공격하기도 했다. 마치 식탁에 남아 있는 음식 부스러기를 집어 들려 몰려드는 식충이들처럼. 노인은 더 이상 놈들에게 신경을 쓰지 않았다. 배를 모는 일 이외에는 어떤 일에도 달리 신경을 쓰지 않았다. 다만 그의 곁에 있던 엄청난 무게가 사라지자 이제 배가 얼마나 가볍고 얼마나 부드럽게 앞으로 나아가는가를 의식할 뿐이었다.

배는 무사하군. 그가 생각했다. 키 손잡이를 빼고는 어느 한구석도 망가진 데 없이 말짱해. 손잡이를 새로 마련하는 일이야 어렵지 않지.

그는 이제 조류의 흐름 안으로 들어섰음을 느낄 수 있었다. 이윽고 바닷가를 따라 늘어서 있는 촌락들의 불빛이 보였다. 이제 그는 자신이 어디에 있는지도, 쉽게 집으로 돌아갈 수 있다는 것도 알게 되었다.

어쨌거나 바람은 우리의 친구야. 그가 생각했다. 그는 이어서 이렇게 덧붙였다. 때로는 그래. 그리고 거대한 바다엔 우리의 친구도 있고 적도 있지. 참, 나한텐 침대도 있군. 그의 생각이 이어졌다. 침대도 내 친구지. 있는 그대로 침대 말이야. 그의 생각이 이어졌다. 침대는 정말 대단한 친구야. 싸움에 지고 엉망이 됐을 때 침대처럼 편안하게 받아주는 친구는 없지. 그의 생각이 계속 이어졌다. 침대가 얼마나 편안한 친구인지 난 미처 깨닫지 못했어. 그런데 자네가 뭐한테 졌지? 그가 속으로 자신에게 물었다.

"난 진 게 아니야." 그가 큰 소리로 말했다. "다만 너무 멀리 나갔다 왔을 뿐이야."

그가 조그만 항구로 배를 몰고 들어왔을 때 테라스의 불빛은 꺼져 있었다. 그는 모두가 잠자리에 들어 있음을 알고 있었다. 미풍이 지속적으로 속도를 더해가더니 이제 제법 강한 바람이 되었다. 하지만 항구는 조용했다. 그는 바위더미 아래쪽의 조그만 자갈밭까지 배를 몰아갔다. 도와줄 사람이 아무도 없었기에, 그는 혼자 힘으로 가능한 한 바싹 육지에 배를 댔다. 그런 다음 배에서 나와, 바위에 배를 묶었다.

노인은 돛대를 내리고 돛을 감아 말고 이를 묶었다. 그런 다음 돛대를 어깨에 메고 집을 향해 비탈진 길을 오르기 시작했다. 그가 자신이 얼마나 지쳐 있는지를 깨달은 것은 바로 그때였다. 그는 잠시 멈춰 서서 뒤를 돌아보았다. 그리고 거리의 불빛에 반사되어 그 모습을 드러내고 있는 고기의 거대한 꼬리를, 배 뒤편에 곧추 세워져 있는 고기의 거대한 꼬리를 내려다보았다. 그는 또한 벌거벗겨진 채 하얀 선을 드러내고 있는 고기의 등뼈에, 검은 덩어리의 머리와 그 앞의 튀어나온 주둥이에, 그리고 사이사이가 비어 있는 앙상한 고기의 모습에 눈길을 주었다.

노인은 다시 비탈진 길을 오르기 시작했다. 꼭대기에 이르렀을 때 그가 넘어졌다. 넘어진 그는 어깨에 돛대를 멘 채 잠시 누워 있었다. 그가 몸을 일으키려 했다. 하지만 너무나 힘이 들어 그는 돛대를 어깨에 멘 채 그대로 앉아 거리를 내려다보았다. 저 먼 곳에서 먹이를 찾아 헤매는 고양이 한 마리가 지나가고 있었다. 이를 지켜보던 노인은 그대로 그냥 멍하니 거리를 내려다보았다.

마침내 그는 돛대를 내려놓고 몸을 일으켜 세웠다. 그리고 다시 돛대를 들어올려 어깨에 메고 길을 따라 걷기 시작했다. 그는 자신의 오두막에 이르기 전에 다섯 번이나 앉아 쉬어야 했다.

오두막에 들어서자 그는 돛대를 벽에 기대어 놓았다. 어둠 속에서 그는 물병을 찾아 물을 마셨다. 그리고 침대에 누웠다. 침대에 누운 그는 담요를 끌어다 어깨를 감싼 다음 등과 다리를 덮었다. 곧이어 그는 신문지에 얼굴을 파묻었다. 그리고 두 팔을 쭉 펴고 양손의 손바닥을 하늘로 향하게 한 채 깊은 잠에 빠져들었다.

아침에 소년이 문을 열고 들여다보았을 때 노인은 여전히 잠이 들어 있었다. 바람이 너무 세게 불어 동력 장치가 없는 배들은 바다에 나가지 못했다. 그래서 소년은 늦잠을 잤다. 자고 일어나 매일 아침 그렇게 했듯 노인의 오두막을 찾은 것이었다. 소년은 노인이 숨을 쉬고 있는 것을 확인한 다음 노인의 손을 보았다. 그리고 울기 시작했다. 그는 커피를 좀 가져올 생각으로 조용히 밖으로 나왔다. 밖으로 나와 길을 따라 걷는 동안 소년은 내내 울었다.

많은 어부들이 배 주위에 몰려 서서 그 옆에 묶여 있는 것을 살펴보고 있었다. 한 사람은 바지를 걷어 올린 채 물속에 들어가서 줄자로 뼈대의 길이를 재고 있었다.

소년은 아래로 내려가지 않았다. 그는 이미 그곳을 갔다 왔으며, 어부 한 사람이 그를 대신해서 배를 돌보고 있었다.

"영감님은 좀 어떠시냐?" 어부 가운데 한 사람이 소년에게 소리쳐 물었다.

"주무세요." 소년이 소리쳐 대꾸했다. 소년은 자신의 우는 모습을 사람들이 보든 말든 개의치 않았다. "아무도 영감님의 잠을 방해하지 않았으면 좋겠어요."

"주둥이 끝에서 꼬리까지 18피트나 돼." 고기의 치수를 재던 어부가 그에게 이렇게 소리쳐 말했다.

"그럴 거예요."

소년이 테라스로 가서 커피 한 통을 부탁했다.

"뜨거운 커피에다가 우유와 설탕을 듬뿍 넣어주세요."

"더 부탁할 건 없니?"

"지금은 괜찮아요. 좀 있다가 영감님이 뭘 좀 드실 수 있나 알아본 다음 말씀드릴게요."

"거, 참 대단한 고기더구나." 주인이 말했다. "그처럼 굉장한 고기는 본 적이 없어. 네가 어제 잡은 두 마리 고기도 괜찮아 보이더라."

"제가 잡은 건 고기도 아녜요." 소년이 이렇게 말하고 다시 울기 시작했다.

"뭐 마실 거라도 좀 주랴?" 주인이 물었다.

"아니, 괜찮아요." 소년이 말했다. "사람들한테 산티아고 영감님을 귀찮게 하지 말라고 해주세요. 곧 돌아올게요."

"영감님에게 내가 안타까워하더라는 말 전해주렴."

"네, 고마워요." 소년이 말했다.

소년은 한 통의 뜨거운 커피를 가지고 노인의 오두막으로 갔다. 그리고 노인이 잠에서 깨어날 때까지 그 곁에 앉아 기다렸다. 어쩌다 한 번 노인이 잠에서 깨어날 것 같아 보였다. 하지만 그는 다시 깊은 잠으로 빠져들었다. 소년은 장작을 약간 얻을 생각으로 밖으로 나와 길을 건넜다. 장작은 커피를 데우기 위한 것이었다.

마침내 노인이 잠에서 깨어났다.

"그냥 누워 계세요." 소년이 말했다. "그리고 이것 좀 드세요." 그가 커피를 유리잔에 조금 따랐다.

노인이 그것을 받아 마셨다.

"마놀린, 내가 놈들한테 지고 말았단다." 그가 말했다. "놈들한테 정말로 철저하게 지고 말았어."

"영감님이 녀석한테 진 건 아니에요. 잡혀온 고기 말예요."

"물론 아니지. 정말로 아니었어. 일은 그 다음에 벌어졌단다."

"페드리코가 영감님 배와 장비를 보살피고 있어요. 고기 머리를 어쩔 생각이세요?"

"페드리코한테 주자. 잘게 잘라 고기잡이 덫에 사용하게 말이야."

"주둥이는 어쩌지요?"

"원한다면 네가 가지렴."

"갖고 싶어요." 소년이 말했다. "이제 다른 일에 대해서도 계획을 짜야겠어요."

"사람들이 나를 찾지 않더냐?"

"물론, 찾았어요. 해안 경비대가 나서고 비행기가 뜨기도 했어요."

"바다는 엄청 넓고 고깃배 한 척은 너무 작아 찾기 어렵지." 노인이 말했다. 그는 자기 자신이나 바다를 향해 말을 건네는 대신 누군가 함께 이야기할 상대가 있다는 것이 얼마나 즐거운 일인가를 새삼 깨달았다. "네가 많이 보고 싶었단다." 그가 말했다. "넌 고기 많이 잡았니?"

"첫날에 한 마리 잡고, 그다음 날 또 한 마리를 잡았어요. 그리고 그 다음다음 날 또 두 마리를 잡았어요."

"굉장한 수확이네."

"영감님, 이제 우리 다시 함께 고기 잡으러 가요."

"안 돼. 난 운이 다했거든. 더 이상 나한테는 운이 따르지 않는 것 같구나."

"그까짓 운이야 아무려면 어때요." 소년이 말했다. "제가 운을 가져오면 되잖아요."

"너의 엄마 아빠가 뭐라 할까?"

"뭐라 하든 상관하지 않겠어요. 어제 두 마리를 잡았거든요. 아무튼, 이제 우리 함께 고기 잡으러 가기로 해요. 전 아직 배울 게 많으니까요."

"우리 아주 성능이 뛰어난 창(槍)을 하나 마련해서, 그걸 항상 배에 가지고 다녀야겠다. 폐차된 포드 자동차의 겹판(板) 스프링*으로 창에 장착할 날을 만들 수 있겠지. 과나바코아**에 가서 갈아 오면 될 거야. 아주 날카로워야 하고, 담금질을 해서는 안 되지. 부러질 수도 있으니까 말이야. 내 칼은 부러지고 말았어."

"다른 칼을 하나 마련하고 스프링도 갈아놓을게요. 지금 부는 바람은 앞으로 며칠이나 계속될까요?"

"아마 사흘은 계속되겠지. 어쩌면 그 이상 갈지도 모르고."

"제가 모든 준비를 다 해놓을게요." 소년이 말했다. "영감님은 손이나 잘 보살피세요."

"내 손을 어떻게 보살펴야 할지는 내가 잘 알고 있으니 걱정 말아라. 그런데 지난밤에 이상한 걸 뱉어냈어. 내 가슴 안에 뭔가가 망가진 것 같아."

"그것도 잘 보살피도록 하세요." 소년이 말했다. "영감님, 누워 계세요. 갈아입을 속내의를 가져올게요. 그리고 먹을 것도 좀 가지고 오고요."

"내가 없는 동안 나온 신문도 좀 가져다줄래?" 노인이 말했다.

"영감님 빨리 회복하셔야 해요. 제가 영감님께 배울 게 많으

---

*겹판 스프링(leaf spring)은 길다랗고 굽은 강철판을 겹겹이 쌓아 만든 스프링을 말한다. 그리고 이 스프링의 한 조각을 스프링 판(spring leaf)이라 부른다.
**쿠바의 수도 아바나의 동쪽에 있는 지역.

니까요. 영감님이 저한테 모든 걸 가르쳐주실 수 있게 어서 회복하세요. 영감님, 고생이 심했죠?"

"엄청 심했지." 노인이 말했다.

"식사거리하고 신문을 가져다드릴게요." 소년이 말했다. "영감님, 편히 쉬고 계세요. 약국에 가서 손에 바를 약도 사 올게요."

"페드리코한테 고기 머리는 그 친구 몫이라는 걸 잊지 말고 전해라."

"네, 알았어요."

소년은 문 밖으로 나가 산호바위 위로 난 닳고닳은 길을 따라 내려가면서 다시 울음을 터뜨렸다.

그날 오후 테라스에서 관광객들의 파티가 벌어졌다. 빈 맥주 깡통들과 죽은 창꼬치고기들이 떠 있는 바다를 내려다보던 어떤 여자의 눈에 들어오는 것이 있었다. 그것은 엄청나게 길다란 하얀 등뼈로, 그 끝에는 조류를 따라 이리저리 흔들리고 있는 거대한 꼬리가 세워져 있었다. 그러는 동안 항구 바깥쪽에서는 동풍이 육중한 파도를 규칙적으로 항구 안으로 몰아넣고 있었다.

"저게 뭐죠?" 여자가 종업원에게 물으면서 거대한 고기의 길다란 등뼈를, 이제는 조류를 따라 바다로 휩쓸려 가기를 기다리고 있는, 쓰레기나 다름없어진 거대한 고기의 길다란 등뼈를 가리켰다.

"티부론이 말입니다." 종업원이 말했다. "그러니까 상어가 말입니다." 그는 어떤 일이 벌어졌는지를 설명할 요량으로 그렇게 말을 꺼냈다.

"상어가 저렇게 멋지고 아름답게 생긴 꼬리를 가지고 있다는 걸 전 몰랐어요."

"나도 그래." 여자의 남자 친구가 그녀의 말을 거들었다.

길 위쪽 오두막에서 노인은 다시 잠이 들어 있었다. 그는 여전히 얼굴을 아래로 향한 채 자고 있었다. 그리고 그 곁에 소년이 앉아 그를 지켜보고 있었다. 노인이 꿈속에서 보고 있는 것은 사자들이었다.

내 마음 안에
낚싯줄을 드리우고

장경렬(서울대 영문과 교수)

1. 셋째 날 새벽 3시

텔레비전과 라디오는 물론이고 전화도 없는 동경대 아파트에 혼자 틀어박혀 지낸 지 벌써 사흘째가 된다. 공항에서 아내를 전송한 다음 아파트로 돌아온 것은 목요일 저녁 5시경이었고 지금은 일요일 새벽 3시경이니, 거의 이틀 반가량 동안 혼자만의 시간을 보낸 셈이다. 그렇게 지낸 시간의 길이를 가늠해보다가 문득 이처럼 오랜 시간 외부 세계와 단절된 채 지낸 적이 있던가가 궁금해진다. 아무리 혼자만의 시간을 보낼 때라도 그것이 전화든 무엇이든 나와 세상을 연결하는 통로가 있었다.

　지난 이틀 반의 시간 동안 나는 무엇을 했던가. 무엇보다도 《노인과 바다》에 대한 역자 후기를 쓰려 했다. 우선 그 일을 마치고 동경대 도서관에서 빌려온 한 무더기의 책을 들출 생각이었다. 하지만 글은 써지지 않았다. 컴퓨터 화면 앞에 앉아 별 궁리를 다 해보아도 어떤 말로 글을 시작해야 할지 난감하기만 했다. 어쩔 수 없어 펼쳐들고 부분만 읽든 전체를 읽든 손에 들었다가 내려놓은 책이 벌써 네 권이나 된다. 들었던 책을 손에서 내려놓을 때마다 글쓰기를 다시 시도했지만 막막하기는 어느 때나 마찬가지였다.

문득《노인과 바다》에서 노인이 홀로 바다에 나갔다가 다시 집으로 돌아온 때까지 시간이 얼마나 흘렀던가가 궁금해진다. 노인은 해 뜨기 전 바다에 나가 낚싯줄을 드리웠고 바로 그날 정오 무렵 청새치가 미끼를 문다. 그 순간부터 이틀 낮 이틀 밤을 노인은 고기와 씨름한다. 이윽고 사흘째 되는 날 새벽부터 고기는 지친 듯 원을 그리며 노인이 타고 있는 배 주위를 돌기 시작한다. 그리고 몇 시간 동안의 신경전 끝에 노인은 마침내 고기를 잡는다. 노인이 청새치를 잡는 순간에 대한 헤밍웨이의 묘사와 노인에게 죽임을 당한 청새치가 꺼져가는 촛불이 환하게 빛을 발하듯 죽음의 순간 죽음에서 되살아나는 모습에 대한 그의 묘사는 간결하면서도 힘차고 힘차면서 동시에 아름답다.

노인은 잡고 있던 줄을 바닥에 내려놓고 이를 발로 밟았다. 그리고 팔이 허락하는 한 아주 높이 작살을 쳐들었다. 그리고 온힘을 다 모아, 그가 끌어 모을 수 있는 힘 이상의 젖 먹던 힘까지도 보태, 이를 고기의 옆구리에 내리꽂았다. 노인의 가슴 높이에 이르기까지

대기 한가운데로 높직이 올라와 있는 거대한 가슴지느러미 바로 뒤쪽에 작살을 내리꽂았다. 그는 쇠로 된 작살이 고기의 몸에 박히는 것을 느끼면서 작살 쪽으로 몸을 굽혀 이를 더욱 깊숙이 박았다. 그런 다음 온몸의 무게를 모아 이를 더욱 더 깊이 밀어 넣었다.

그러자 고기가 되살아났다. 그리고 자신의 죽음을 몸 안에 간직한 채 물 밖으로 높이 용솟음쳤다. 그렇게 해서 고기는 자신의 거대한 길이와 넓이 전체를, 그리고 자신의 온갖 힘과 아름다움을 송두리째 드러내 보였다. 고기는 배에 있는 노인의 머리 위 대기 한가운데 걸려 있는 것처럼 보였다. 곧 이어 우레와 같은 물소리를 내며 물 속으로 곤두박질했다. 그 순간 노인의 몸과 배 위로 온통 물보라가 날렸다.

마침내 노인은 잡은 청새치를 배 옆에 묶고 집으로 향한다. 이때는 집을 떠난 지 이틀하고도 반 낮 정도가 지났을 무렵이다. 하지만 상어들의 공격이 시작되었고, 상어들과의 필사적인 싸움 끝에 다섯 마리의 상어를 처치한다. 하지만 한밤에 몰려드는 상어들에게 뜯겨 결국 그가 잡은 청새치에서 남은 것이라고는 머리와 뼈와 지느러미뿐이다. 그런 상태로 나흘이 되던 날 새벽 그는 집으로 돌아온다. 그러니까 그가 바다에서 혼자 보낸 시간은 사흘가량이고, 찾아온 소년과 이야기를 나눈 것은 다시 몇 시간 후다.

이제 시계의 시침이 한 바퀴만 더 돌면 나는 그가 혼자 바다에 떠 있던 시간만큼 아파트 공간 안에서 혼자 보낸 셈이 된다. 문득 내가 지금 차지하고 있는 동경대의 좁은 아파트 공간은 노인이 타고 있던 배 안의 공간과 다름없는 것일 수도 있다는 데 생각이 미친다. 마치 노인이 고깃배 안의 공간을 차지한 채 바다 위에 떠 있듯, 나는 지금 아파트 공간을 차지한 채 세상이라는 바다 위에 떠 있는 것이다. 하지만 노인이 배를 타고 바다로 나간 것이 고기를 낚기 위한 것이었다면 나는 무엇 때문에 이 공간에 스스로를 가두고 있는 것일까. 어쩌면 나 역시 노인과 마찬가지 처지인지도 모르겠다. 글이라는 고기를 낚기 위해 내 마음의 바다에 낚싯줄을 드리운 채 기다리는 또 한 명의 어부가 바로 나 아닐지? '내 마음의 바다'라니! 이는 가당치도 않은 표현이다. 아니, 바다라는 비유는 적절치 않다. 앞서 말했듯 세상이 바다라면 내 마음이야 그냥 작은 물웅덩이나 연못이 지나지 않으리라. 그래서 다시 쓴다. 내 마음의 물웅덩이 또는 연못에 낚싯줄을 드리운 채 기다리는 보잘것없는 낚시꾼이 바로 나 아닐지?

이제 노인이 고기를 잡고 그가 잡은 고기를 노리는 상어들과 싸움을 시작했을 만큼의 시간이 지났지만, 내 마음 안에 드리워진 낚싯줄은 미동도 하지 않는다. 미동도 하지 않는 낚싯줄 곁에서 나는 기다릴 뿐이다. 멋진 대어가 물리기를 바라면서. 물론 낚싯줄에서 기별이 올 때까지 멍하니 기다리기만 한 것은 아니었다. 노인이 날치들이 나는 모습에 눈길을 주고 또 어쩌다 날아온 새에게 말을 걸 듯 나는 이 책 저 책을 살피고 뒤적였다. 그런데 책을 뒤적이다 살펴봐도, 뒤적이던 책을 내려놓고 다시 살펴봐도 낚싯줄은 여전히 미동도 하지 않았다.

이제 또 한 권의 책을 집어든다. 집어든 것은 바쇼가 방랑의 과정에 남긴 글과 시를 총망라하여 번역하고 이를 책으로 엮은 위스콘신 대학의 영문과 교수 데이비드 랜디스 반힐(David Landis Barnhill)의 책이다. 바쇼의 글 가운데 아직 낯선 것들을 찾아 읽다가 서문에 눈길을 준다. 서문에서 반힐 교수가 자연에 대한 서양인과 동양인의 차이를 논의하는 것을 읽는 순간 마음 안에 드리운 낚싯줄이 갑자기 움직이기 시작한다. 무언가가 물린 것이다. 냉큼 낚싯줄을 걷어올리고 보니, '자연에 대한 이해의 시각'이라는 이름의 작은 물고기였다.

반힐 교수는 서양인이 자연에 대해 생각할 때 두 가지 시각이 있음을 지적한다. 하나는 문명과 반대되는 개념으로서의 자연이고, 다른 하나는 인간까지 포함해서 모든 것을 관찰 대상으로 여길 때의 자연―다시 말해, 자연과학이라는 말에 담긴 '자연'이 함의하는 자연―이 그것이다. 반힐 교수는 동양인이 생각하는 자연의 개념에는 이와 다른 무엇이 있음을 역설하며, 이를 '부사적(副詞的)' 의미에서의 자연 또는 존재 양식을 지시하는 개념으로서의 자연으로 규정한다. 즉, 인간은 있는 그대로 또한 본질적으로 자연의 일부이기 때문에 인간의 본성에 거슬림이 없이 행동하는 것 자체가 동양인이 생각하는 자연의 개

넘이라는 것이다. 어찌 보면, 장자가 말하는 무위자연(無爲自然)에서 자연이 의미하는 바가 무엇인지를 천착하고 있는 것으로 비쳐지기도 한다. 바로 이를 읽는 순간 내 마음에 드렸던 낚싯줄이 움직이기 시작했던 것이다.

그렇다, 《노인과 바다》에는 서양인이 생각했던 자연의 개념을 뛰어넘는 그 무언가가 있다. 아니, 그처럼 간단치는 않다. 우선 《노인과 바다》의 표면에 드러나는 것은 문명과 대립되는 개념으로서의 자연이다. 이와 관련하여 노인이 청새치를 어떻게 해서든 죽여야만 할 대상으로 생각하고 있다는 점이 시사하는 바는 적지 않다. '아무리 위대하고 아무리 영광스런 존재'라 해도 '필히 죽이겠다'는 노인의 '굳은 의지'에서 우리는 자연과 싸워 이를 정복하겠다는 인간의 자세를 읽을 수도 있으리라. 이처럼 자연이 투쟁과 정복의 대상이라는 생각은 인간이 이루고 있는 문명 세계와 대립되는 것이 곧 자연이라는 서양인의 세계관에서 크게 벗어나지 않는 것임을 부정할 수 없다. 다시 말해, 자연이란 미지의 세계이자 암흑의 세계일 뿐만 아니라 한 걸음 나아가 필요에 따라 죽이거나 이용할 대상이라는 시각이 그러한 세계관의 저변을 이루고 있다 해도 지나친 말은 아닐 것이다. 문제는 노인이 "바다를 경쟁자로, 혹은 고된 노역의 장소로, 심지어 적으로 여기고" 있지 않다는 데 있다. 그가 "항상 바다를 여성적인 그 무엇으로, 엄청난 사랑을 베풀거나 억제하는 그런 존재로 여겼다" 함은 자연을 객체화하는 서양인의

170

의식과는 거리가 있는 것이다. 싸움을 이어가는 동안 청새치에게 보이는 노인의 존경심과 형제애에 가까운 친밀감은 분명히 자연에 대한 서양인의 시각을 뛰어넘는 것이다. 어찌 보면, 먹이사슬의 한 단계에서 지극히 자연스럽게, 있는 그대로, 또는 본질적으로 자연의 일부로서 자신의 삶을 영위하는 한 '자연인'의 모습을 우리는 노인에게서 확인할 수 있으리라. 정녕코 노인의 삶은 반힐 교수가 말한 또 하나, 다른 의미에서의 자연의 개념을 감지케 하는 그런 것이다.

《노인과 바다》를 읽고 번역하면서 내가 노인에게 느꼈던 따뜻한 마음은 여기에서 비롯되었던 것이리라. 그는 결코 자연을 정복하여 이에 군림하고자 하는 오만한 인간이 아니다. 하지만 그는 자신이 잡은 고기를 공격하는 상어들과 할 수 있는 데까지 온 힘을 다해 싸우지 않았던가. 이 역시 자연에 결코 굴복하려 하지 않는 오만한 인간의 모습은 아닌가.

여기에서 우리는 다시 미지의 힘 또는 세계와 맞서 끝까지 싸움을 이어가다 마침내 패배하는 서양의 비극적 영웅의 모습을 떠올릴 수도 있겠다. 사실 자연에 대한 서양인의 시각에는 일종의 자기모순이 존재한다. 싸움과 정복이 가능한 대상으로 자연을 보는 시각과 그 어떤 싸움과 정복의 의지에도 불구하고 결코 이에 굴하지 않는 신비의 대상으로 자연을 보는 시각이 공존한다는 점에서 그러하다. 전자의 시각은 서양인들을 과학적 관찰과 실험 또는 미지의 세계에 대한 탐구로 이끌었고,

이른바 오늘날의 과학 문명이라고 하는 것은 그 결과물일 수도 있겠다. 하지만 자연과 맞서 싸우는 인간에 대한 반성이 서양 세계에서 끊임없이 이어져왔던 것도 사실인데, 이를 대표하는 것이 바로 앞서 말한 비극적 영웅이다. 미지의 힘 또는 불가사의한 세계 또는 신과 맞서 싸우지만, 바로 그와 같은 마음가짐 자체가 오만함에서 비롯된 것이고, 따라서 인간은 결코 그와 같은 싸움에서 승리할 수 없음을 되풀이해 말해주는 것이 서양의 비극이 아닌가.

그렇다면 비극적 영웅의 위대함은 어디서 비롯되는 것일까. 이는 자신의 파멸을 있는 그대로 받아들이고 자신의 과오를 인정함에서다. 다시 말해, 비극적 영웅의 위대함은 자기 인식 또는 자신의 한계에 대한 깨달음과 인정에서 비롯되는 것이다. 그와 같은 자기 인식의 순간이 한 인간을 그가 지닌 인간적 한계를 뛰어넘는 초월적 존재로 만들기 때문이다. 어찌 보면, 모든 위대한 인간들의 위대함 저변에는 자신의 한계를 솔직하게 인정함으로써 그 한계를 뛰어넘는 초월적 정신이 있는 것이리라. 그리고 중요한 것은 자신의 오만함에 따른 모든 재난을 결코 피하지 않는 채 있는 그대로 받아들일 수 있는 열린 마음이리라.

노인은 있는 힘을 다해 상어들로 상징되는 자연에 대항한다. 마치 그 싸움에서 최후의 승리를 거머쥘 수 있음을 확신하는 오만한 비극적 영웅처럼. 하지만 그는 끝내 자신이 잡은 고기를 지키지 못한다. 이처럼 인간은 자연 또는 미지의 힘 또는 신과의 싸움에서 패배하도록 운명지어져 있는 존재인지도 모른다. 어찌 보면, 자신의 배보다 더 큰 고기를 잡고자 했던 것 자체가 인간의 오만함을 드러내는 것 아닐까. 또한 상어 다섯 마리를 차례로 죽일 만큼 끝까지 자연에 대항해 싸우는 것 역시 오만함으로 비쳐질 수도 있겠다. 하지만 노인이 싸우고 버티다가 마침내 얻은 것을 다시 모두 잃음에도 불구하고 여전히 우리는 그의 그런 모습에서 철저히 패배한 비극적 영웅의 모습을 볼 수는 없다. 다만 며칠 동안 바다에서 삶을 위한 투쟁을 하다가 지친 모습으로 돌아오는, 하지만 그럼에도 여전히 삶에 대한 본능적 열정을 간직한 채 자신의 집으로 돌아오는 노인의 모습만을 볼 수 있을 뿐이다.

그럼에도 불구하고 노인의 모습에서 그 모든 투쟁과 패배와 좌절과 파멸을 거쳐간 그 어떤 비극적 영웅보다 더 감동적인 인간의 모습을 볼 수 있었던 까닭은 무엇인가. 문득 《노인과 바다》의 마지막 부분을 번역하던 날 새벽이 떠오른다. 그때 나는 흐르는 눈물을 내버려둔 채 컴퓨터 화면을 응시하고 있었다. 내 감정을 억누를 수 없을 만큼 노인의 행동과 모습과 생각이 감동적이었고, 이야기가 너무도 장엄하고 아름다웠기 때문이었다. 소년이 노인의 망가진 손을 보고 울기 시작하는 부분을 번역하면서 나도 공공연히 눈물을 흘리기 시작했다. 그때가 새벽 4시 무렵이었다. 그런데 평소와는 달리 뜻밖에도 일찍 잠에서 깨어 거실로 나온 아내에게 나는 눈물을 흘리는 모습을 들키고 말았다. 어색해진 나는 이렇게 얼버무렸다. "너무 감동적이라서." 사실이 그랬지만, 쑥스럽기는 마찬가지였다. 쑥스러워하는 내 마음을 알기라도 하는 양, 생각이 깊은 아내는 내 눈물을 모른 척해주었다.

그처럼 눈물을 흘릴 만큼 노인의 이야기가 감동적이었던 이유는 도대체 무엇이었던가. 젊었을 때 셰익스피어의 《오셀로》에서 파멸의 순간 오셀로가 하는 독백을 읽으면서 나는 눈물을 참을 수 없었는데, 분명 이번의 눈물은 그때의 것과는 다른 것이었다. 혹시 모든 것을 잃고도 "인간이라면 파괴를 당할지언정 그에게 패배란 있을 수 없지"라고 말할 수 있는 '불굴의 의지' 때문이었을까. 아니다. 그런 유형의 불굴의 의지는 인간의 오만함을 재확인케 할 뿐 감동의 단초가 될 수는 없다. 그렇다면 무엇 때문이었나. 우선 이렇게 생각해본다. 자연은 노인에게 무언가를 주는 동시에 다시 모든 것을 빼앗아간다. 그럼에도 노인은 절망하지 않는다. 다만 고기에게 미안해하고 "너무 멀리 나간 것"을 후회할 뿐이다. 극도의 고통과 인내와 상실의 아픔이 있지만 그의 모습에서는 결코 좌절과 절망이 느껴지지 않는다. 바로 여기에서 우리는 어느 한 평범한 인간이 삶에 대해 지니고 있는 근원적 겸손함과 생에 대한 엄연한 본능을 감지할 수 있지 않은가. 가슴이 메이고 끝내 눈물까지 억누를 수 없었던 것은 작지만 그럼에도 여전히 소중한 이 같은 인간적

미덕 때문은 아니었는지?

어찌 보면, 노인과 고기의 싸움을 인간과 미지의 힘 사이의 투쟁으로 읽으려는 것 자체가 서양적 세계관에 지나치게 기대고 있는 것일지도 모르겠다. 일찍이 윌리엄 버틀러 예이츠(William Butler Yeats)가 도로시 웰즐리(Dorothy Wellesley)에게 〈래피스 래줄라이(Lapis Lazuli)〉라는 시와 관련하여 보낸 편지에서 "동양은 항상 나름의 해결책을 갖고 있고 따라서 비극을 모름"을, "절망 속에서 영웅적 울부짖음"의 소리를 높이는 것은 "우리 서양임"을 말한 바 있다. 역설적으로 들릴지 모르지만, 《노인과 바다》의 노인의 모습이 감동적인 것은 "절망 속에서 영웅적 울부짖음"의 소리가 들리지 않는 때문은 아닐까. 어부가 되어 고기를 죽여야 하는 것, 그렇게 잡은 고기를 몽땅 잃는 것, 그 모든 '어쩔 수 없는' 인간사에도 불구하고, "인간이라면 파괴를 당할지언정 그에게 패배란 있을 수 없지"라고 말할 수 있는 마음의 여유, 또는 있는 그대로 '자연스럽게' 삶을 살아가고 있는 한 인간의 모습, 이미 "나름의 해결책"을 갖고 있는 듯한 마음의 자세, 그 자체가 감동적이었던 것은 아닐까.

모르겠다. 정말, 모르겠다. 이 짧막한 소설의 감동은 이처럼 현학적인 말로 설명할 성질의 것이 아니리라. 그래도 이 소설이 주는 감동 때문에 내가 눈물을 흘렸다는 것은 사실이고, 그 눈물은 '자연인'으로서의 한 인간의 생생한 모습 때문이었다는 것, 또는 한 인간의 모습에 대한 작가의 생생하고 장엄하며 아름다운 기록과 묘사 때문이었다는 것, 그것만큼은 부정할 수 없으리라. 내가 소년 마놀린이 울음을 터뜨릴 때 더 이상 눈물을 참을 수 없었던 것은 있는 그대로 자연스럽게 삶을 살아가는 한 자연인의 모습에서 경외감과 무한한 신뢰감을 느꼈기 때문이었는지도 모른다. 있는 그대로 자연스럽게 삶을 살아가기란 얼마나 쉬우면서도 동시에 얼마나 어려운 것인가. 헤밍웨이가 《노인과 바다》를 통해 우리에게 보여주는 것은 바로 그처럼 쉬우면서도 어려운 삶을 있는 그대로 자연스럽게 살아가는 한 자연인의 모습이 아니었는지? 그것도 더할 수 없이 아름답고 장렬한 문학적 서술을 통해 있는 그대로 자연스럽게 보여주었기 때문에 나는 그처럼 감동할 수 있었던 것은 아닌지? 모르겠다. '모르겠다'라는 말을 되풀이하며 시계를 보니 이미 새벽 5시가 넘었다. 그리고 내 마음 안에 드리워진 낚싯줄은 더 이상 움직이지 않는다.

2. 넷째 날 오후 5시

그리고 다시 12시간이 지났다. 시간의 길이로 따지자면, 노인이 머리와 뼈와 꼬리만 남은 청새치와 함께 애초 떠났던 항구로 되돌아오는 동안 흘렀던 것만큼 시간이 지났다. 노인이 청새치를 잡는 과정에 낚아 올린 다랑어나 만새기에도 훨씬 못 미치는 보잘것없는 고기 한 마리만을 낚았을 뿐 얻은 것은 별로 없지만, 이제 나도 마음 안에 드리운 낚싯줄을 거둬들이고 아파트라는 배에서 벗어나야 할 때가 된 것은 아닌지? 한편으로 조급한 마음이 들기도 하고 한편으로 허전한 마음이 들기도 한다. 그래서 마음 안에 드리운 낚싯줄을 우두커니 바라보고만 있던 나는 눈길을 돌려 그동안 이 소설과 관련하여 머릿속에 담아 놓은 잡다한 정보와 갖가지 기억의 단편들을 이리저리 살핀다. 주변에 흐트러져 있는 어구와 미끼를 정리하는 마음으로. 최소한 이것들을 정리하는 것으로 낚시의 마지막 순간을 마무리해야 할 것 같다.

문득 이 소설을 처음 만났을 때가 생각난다. 내가 《노인과 바다》와 처음 만난 것은 고등학생 때였다. 당시 공부 좀 한다고 하는 친구들 사이에는 영어 소설을 원어로 읽거나 읽는 척하는 것이 유행이었다. 펄 벅(Pearl Buck)의 《북경에서 온 편지》(Letter from Peking) 또는 섬머셋 몸(Somerset Maugham)의 《달과 6펜스》(The Moon and Sixpence)가 특히 인기 품목이었다. 아무튼 나 역시 유행에 편승하여 삼촌의 서가에서 가져온 《노인과 바다》를 끼고 다녔다. 하늘색이 감도는 헝겊으로 끝처리를 한 양장본의 책 모습이, 심지어 그 당시 이 소설을 읽으며 처음 알게 된 영어 단어들까지 아직 기억에 생생하다. 하지만 그때 나는 이 소설에서 아무런 감동도 받지 못했다. 독일의 관념 소설에 특히 심취해 있던 당시의 나에게 헤밍웨이의 《노인과 바다》는 너무도 무미건조하게 느껴졌던 것이다.

그리고 그로부터 40여 년이 지나 다시 읽은 《노인과 바다》는 정녕코 무미건조한 소설이 아니었다. 헤밍웨이가 살아생전 출간한 소설 작품 가운데 마지막 것으로 알려진 이 작품에 대한 나의 이해가 바뀐 것은 말할 것도 없이 이 작품이 변했기 때문은 아니다. 내가 변한 것이다. 세상을 보는 내 눈과 마음이 변했기 때문이다. 문득 눈과 마음뿐만 아니라 모든 것이 변한 나 자신을 생각하노라니 이 소설의 나이가 내 나이와 비슷하다는 데에 생각이 미치기도 한다. 그러니까 《노인과 바다》가 세상에 선보인 것은 1952년 9월 1일이다. 당시 사진과 그림이 글을 압도하는 유별난 잡지로 알려져 있던 《라이프(Life)》를 통해 헤밍웨이는 이 소설을 발표했는데, 이에 대한 사람들의 관심이 어찌나 대단했던지 단 이틀 사이에 잡지 5백만 부가 팔려나갔다 한다. 나는 《노인과 바다》가 1952년 9월 1일자 《라이프》(통권 33권 제9호)에 처음 발표되었다는 정보를 접하고 이를 구해 보게 되었는데, 읽는 잡지이기에 앞서 보는 잡지로 알려져 있을 정도로 다양한 사진과 그림으로 가득한 이 잡지의 '편집자의 말'에서 편집자는 이렇게 말하고 있다.

〔최대한 사진을 활용하고 있지만〕 우리는 말이 매우 중요하다 생각하고 있고, 성실한 독자에게라면 굳이 상기시킬 필요도 없겠지만 《라이프》는 엄청나게 많은 말을 담고 있다. 이번 호는 독자들에게 보고 알도록 하는 데 말과 그림이 어떻게 동시에 사용될 수 있는가를 보여주는 예를, 편집자들이 기억할 수 있는 한 최고로 멋진 예

를 담고 있다. 우리는 정확하게 상황에 '알맞은' 말들의 도움을 받는 경우 때때로 사진이 그 어떤 매체들보다도 더 빠르게, 더 정확하게, 더 생생하게 독자들에게 문제의 상황을 전할 수 있으리라 믿고 있다. 하지만 때때로 말은 카메라가 결코 포착할 수 없는 것을 독자의 마음에 한 폭의 그림으로 그릴 수 있다.

이상은 27,000단어로 된 어니스트 헤밍웨이의 소설 〈노인과 바다〉(34-54면)가 독자 여러분이 일찍이 경험한 그 어느 것보다 더 그림처럼 생생한 독서 체험 가운데 하나를 제공할 것이라 우리가 생각하고 있음을 전하기 위한 말이다.

실로 《노인과 바다》는 "그림처럼 생생한 독서 체험"으로 독자를 이끄는 멋진 소설이다. 아마도 많은 사람들이 이 소설을 읽으면서 노인이 배를 젓거나 낚시를 드리우고 고기를 잡는 모습을, 청새치의 모습을, 상어와 싸우는 노인의 모습을 마음속에 그릴 것이다. 《라이프》에 수록된 헤밍웨이의 소설 텍스트를 대본으로 삼아 번역하면서 나 역시 그랬다. 하지만 독자의 입장이 아닌 번역자의 입장에서 이 같은 '그림 그리기'란 몇 배나 더 어려운 것일 수 있다. 단어 하나하나의 의미와 뉘앙스를 정확하게 파악해야 하기 때문이다. 그리고 그것을 전혀 다른 언어를 통해 독자들에게 전달해야 하기 때문이다. 아마도 《노인과 바다》의 경우 이를 위해서는 무엇보다도 바다에서 고기를 잡는 일에 대해, 그리고 바다와 고기들에 대해 잘 알아야 하리라. 그뿐이랴. 노인이 고기를 잡을 때와 잡은 고기를 방어하려 할 때 취한 모든 동작과 자세를 생생하게 마음속에 그릴 수 있을 만큼 스스로 노인과 같은 어부가 되어야 하리라. 적어도 마음으로는 그런 어부가 되어야 하리라. 바로 이 어려운 과제에 직면하여 나는, 예컨대, 스스로 낚싯줄을 내 등과 두 팔로 잡고 있는 모습을 상상해보기도 하고 실제 그런 동작을 흉내 내보기도 했다. 그 과정에 나에게 크고작은 도움을 준 정보와 자료가 적지 않지만, 무엇보다도 소중했던 것은 《라이프》를 수놓고 있는 삽화들이었다. 위에 인용한 편집자는 "사진"에 대해 주로 이야기하고 있지만, 《라이프》의 헤밍웨이의 소설 군데군데를 장식하고 있는 삽화들은 때로 "더 빠르게, 더 정확하게, 더 생생하게" 내가 마음속에 그리고자 하는 상황을 전달해주었다. 이런 의미에서 《노인과 바다》와 관련하여 《라이프》에 실린 삽화와 만난 것은 나에게 행운이었다. 그리고 수없이 많은 《노인과 바다》의 판본 가운데 《라이프》의 텍스트를 번역의 대본으로 사용할 수 있었던 것 역시 나에게는 작지 않은 행운이었다.

머릿속에 있는 온갖 잡다한 정보를 뒤지다 보니, 이 소설로 헤밍웨이가 퓰리처상을 수상했고, 또 이 소설이 중요한 선정 이유가 되어 노벨문학상까지 수상했다는 것도 있다. 이러저러한 상을 수상한 것이야 이 소설에 흥미를 가져야 할 이유가 되는 것은 아니지만, 이 같은 사실은 작품에 대한 평가가 어떤 것인지를 아는 단초가 될 수는 있을 것이다. 실제로 이 소설로 인해 헤밍웨이에 대한 문단의 평가가 새로워졌던 것도 사실이고, 헤밍웨이 자신이 스스로 자신의 작품들 가운데 최고의 것이라 평가했던 것도 사실이다.

하지만 《노인과 바다》에 대한 이처럼 영양가 없는 정보를 정리한다 한들 그것이 과연 이 소설을 읽는 독자들에게 무슨 도움이 되겠는가. 여기에 생각이 미치고 보니, 모든 것이 부질없다는 느낌이 들기도 한다. 번역자가 해야 하고 할 수 있는 최상의 일이란 최상의 번역 그 자체가 아닐까. 비록 어떤 번역이 최상의 번역인지에 대해서는, 또한 내가 한 작업이 과연 그런 것이라 할 수 있는지에 대해서는 번역을 끝내고 상당히 시간이 지난 지금 이 순간까지도 확신이 서지 않지만 말이다.

영양가 없는 이러저러한 생각에 잠겨 있다가 다시 시계를 보니 한 시간도 훨씬 더 지났다. 이제 아침이 오면 아파트 공간을 벗어나 산책도 하고 만나는 사람들에게 아침 인사도 하리라. 그리고 오랜 침묵과 혼자만의 시간을 마감하리라.

3. 다섯째 날 오후 1시

노인이 바다를 떠돌다 집으로 돌아온 것은 꼬박 3일이 지난 다음이었다. 어제 저녁 '다음 날 아침에는 아파트라는 닫힌 공간에서 벗어나겠다'고 마음을 먹긴 했었다. 하지만 특별히 그럴 이유를 찾지 못해 다시 눌러앉아 시간을 보낸 지 벌써 20여 시간이 된다. 그러니까 거의 4일 동안 나는 사람의 얼굴을 보지도 못하고 사람의 목소리도 듣지 못하고 또 말 한 마디 나누지 않은 채 보냈다. 소설 속의 노인은? 그는 바다에서 꼬박 3일의 시간을 보낸 다음 집으로 돌아와 깊은 잠에 빠져든다. 잠에서 깨어난 그의 앞에 모습을 드러낸 것은 소년 마놀린이다. 그 오랜 시간 끝에 노인은 드디어 이야기를 나눌 사람과 만난 것이다! 앞으로 소년과 함께 바다에 나갈 것을 예상케 하는 두 사람 사이의 대화가 이어지는 동안 노인은 "아주 성능이 뛰어난 창"을 하나 마련해야겠다는 계획을 말한다. 그의 말에서 온전히 느껴지는 것은 다름 아닌 삶에 대한 새로운 의욕과 활기다. 다시 잠에 든 노인의 꿈속에 나타나는 사자는 어찌 보면 이에 대한 또 하나의 암시이리라.

소년과 이야기를 나누는 노인의 모습을 떠올리는 순간 나 역시 노인과 마찬가지로 오랫동안 한 마디의 말도 나눌 사람이 곁에 없었음을 새삼 깨닫는다. 혼자 생각을 이어가는 것으로 부족해 노인은 배 안에서 때마다 누군가와 이야기를 나누듯 말을 한다. 심지어 자신에게 말을 걸고 이에 대해 스스로 답변을 하기도 한다. 노인이 그렇게 하게 된 이유에 대해 소설은 이렇게 설명하고 있다.

언제부터인가 그는 혼자 있을 때 큰 소리로 중얼거리기 시작했는데, 그렇게 하기 시작한 것이 언제부터였는지는 기억하지 못했다. 아주 옛날에는 혼자 있을 때 노래를 하곤 했다. 그가 소형 어선이나 거북이잡이 배를 타고 일할 무렵이었다. 때때로 그의 당번 차례가 되어 혼자 배의 키를 잡고 주위를 살피는 동안 그는 노래를 하곤 했다. 혼자 있을 때 큰 소리로 이야기를 하기 시작한 건 아마도 소년이 떠난 이후인 것 같았다. 소년과 함께 고기를 잡을 때도 보통 꼭 필요할 때만 이야기를 나눴다. 그들은 주로 밤에, 또는 날씨가 나빠 폭풍우 때문에 꼼짝 못하게 되었을 때 이야기를 나눴다. 바다에서는 불필요한 말을 하지 않는 것이 미덕이라 여겨졌다. 노인도 항상 그렇게 생각했으며, 또한 이를 존중했다. 하지만 이제 그는 수도 없이 자신의 생각을 큰 소리에 담아 입 밖으로 표현하게 되었는데, 그런다고 해서 짜증을 낼 사람이 아무도 없기 때문이었다.

"누군가 내가 큰 소리로 혼자 중얼거리는 걸 들으면, 아마 미쳤다고 생각할 거야." 그가 큰 소리로 말했다. "하지만 난 미친 게 아니니까 누가 뭐라 하든 상관없어. 돈이 많은 친구들이야 배에 라디오를 설치해서 이야기를 듣기도 하고 또 야구 경기 중계를 즐기기도 하잖아."

묘하다. 나는 이제 90여 시간도 넘게 아무와도 말을 나누지도 않고 또 누군가의 말소리를 듣지도 않았지만, 말에 대해 갈증을 느낀 적이 없었다. 한 마디도 입 밖에 내지 않았지만, 그렇다고 해서 말할 상대가 그리웠던 적도 없었다. 아니다, 한 마디 했다. 끼니를 준비하다가 잘라 놓은 양파가 바닥으로 떨어졌을 때 나는 한 마디 했었다. "에이." 그것이 전부다. 그런데 왜 나는 노인과 달리 말에 대한 갈증을 느끼지 못했던 것일까.

필경 내가 낚으려 하는 고기가 바로 '말'과 관련된 '글'이었기 때문 아닐까. 넓게 보아, 글과 말은 하나다. 어찌 보면, 글이라는 고기가 잡히기를 초조하게 기다리고 있는 나는 비록 종류는 다른 것일지 몰라도 이미 갈증에 허덕이고 있었는지도 모른다. 하지만, 청새치를 잡기 위해 노인이 다른 모든 낚싯줄을 포기하듯, 나는 글을 위해 말을 포기하고 있는 것은 아닐까. 어찌면 말에 대한 갈증이 일지 않았던 것은 이처럼 스스로 글을 위해 말을 포기했기 때문인지도 모른다.

물론 노인이 목말라하는 것은 단순히 말뿐이 아니다. 소설 전반에 걸쳐 드러나듯, 노인은 바다에 나가 있는 동안 줄곧 소년 마놀린이 곁에 없는 것을 아쉬워한다. 곁에 소년이 있어 함께 이야기를 나누고 그를 도와줄 수 있기를 바라는 마음을 드러내고 있는 것이다. 어찌 보면, 소년은 노인과 세계를 연결하는 메신저 또는 중간자와 같은 존재일 수 있다. 또는 노인이 세계를 바라보는 데 필요한 창(窓)이나 세계를 향해 나아가는 데 필요한 문(門)과도 같은 존재가 다름 아닌 소년일 수 있다. 정녕코 인간이 인간인 것은 인간과의 만남 때문이고 이 같은 만남을 통해 자신의 있음을 확인하는 존재가 곧 인간일 수 있다. 다시 말해, 인간에게 이른바 '절대 고독'이란 죽음과 다름없는 것일 수 있다. 이런 의미에서 노인이 말에 목말라하고 소년이 곁에 없음을 아쉬워함은 곧 그 자체로서 생에 대한 본능과 의지의 표현이라 할 수 있다.

바로 그 때문에 나에게도 말이 필요하고 사람과의 만남도 필요하다. 이제 잡히지도 않은 글이라는 고기를 향한 나의 낚싯줄은 거둬들이기로 하자. 하기야 오늘 오후 3시에 동경대 비교문학과 교수와 만나기로 오래전에 약속해두지 않았던가. 노인이 잡은 고기마저 잃고 빈배로 항구로 돌아가듯, 나 역시 제대로 낚은 고기가 없더라도 아파트라는 공간을 벗어나 사람과 만나야 한다.

4. 마음 안에 드리웠던 낚싯줄을 거둬들이고 보름이 지난 후

그날 오후 3시에 동경대 교수와 만나 오랫동안 일본의 시가와 문학에 관한 이야기를 나눴다. 그로써 나는 100여 시간이 조금 안 되는 나 혼자만의 시간을 마감했다. 그 후 《노인과 바다》에 대한 역자 후기를 여러 번 다시 시도했으나, 도대체 글이 써지지 않았다. 마침내 나는 별다른 소득 없이 이어갔던 닷새 동안의 기록―그러니까 '역자 후기'라는 글을 낚기 위해 마음 안에 낚싯줄을 드리우고 보내던 시간의 흔적―을 그냥 있는 그대로 역자 후기로 삼기에 이르렀다. 그런 의미에서 현재의 역자 후기는 잠정적인 것일 뿐 의도된 것도 아니고 결정적인 것도 아니다. 아, 노인이 잡았던 청새치와 같은 글과 어쩌다 만나 이를 잡을 수 있다면! 상어 떼에게 모든 것을 잃고 머리와 뼈와 꼬리만 남더라도 좋으니 그런 고기와 같은 글을 만나 이를 잡을 수 있다면! 내 마음이라는 물웅덩이나 연못에서든 이 세상이라는 넓은 바다에서든 엄청난 대어를 낚을 수 있다면! 어찌 보면, 헤밍웨이에게 문학 또는 글은 노인이 잡으려 했던 청새치와도 같은 것이었으리라. 감히 말하자면, 나에게 역시 문학 또는 글은 노인이 잡으려 했던 청새치와도 같은 것이다. 그런 의미에서 볼 때, 내가 이 세상을 살아가는 것 자체가 고기를 잡기 위해 바다로 나가는 노인의 삶과 다를 것이 무엇이겠는가. 하지만 어디에서도 고기를 낚지 못해 항상 초조해하는 보잘것없는 어부가 바로 나는 아닐지?

이제 초조해하는 마음이 그대로 드러나는 잠정적인 역자 후기조차도 마무리할 때가 되었다. 이 자리에서 한마디 말을 덧붙이기로 하자. 이는 이번 번역에 들어간 삽화에 관한 것이다. 거듭 인용하지만, 《라이프》지의 편집자가 말했듯 《노인과 바다》는 "'그림처럼 생생한' 독서 체험"으로 독자를 이끄는 소설이다. 하지만 우리의 마음속에 그리는 그림이 때로는 언어를 통해 작가가 원래 의도했던 것과 다를 수도 있다. 그래서 본 역서에서는 헤밍웨이 자신의 의견을 반영했을 것으로 추정되는 《라이프》의 삽화를 구해 수록하기로 했다. 번역 과정에 나에게 도움이 되었듯 독서 과정에 이 삽화들이 독자 여러분께 도움이 되기를 바라마지 않는다.

이것으로 전부다. 아니, 여전히 할 말이 남아 있다. 다시 말하지만, 이 역자 후기는 어디까지나 잠정적인 것이다. 아, 언제 《노인과 바다》에 대한 결정적인 역자 후기를 쓸 수 있을 것인가.

어니스트 헤밍웨이
연보

7월 21일 미국 시카고 근교의 부유한 프로테스탄트 백인들이 살던 오크파크에서 의사인 아버지 클래런스 헤밍웨이와 오페라 가수인 어머니 그레이스 홀의 2남 4녀 중 둘째로 태어남. 낚시와 사냥을 즐기는 아버지와 감정이 풍부한 예술가 어머니 사이에서 풍족한 어린 시절을 보냄. 아버지를 따라다니며 사냥, 낚시, 캠핑 등을 즐겼고, 이 시기에 형성된 자연과 야외 활동에 대한 사랑이 평생 지속됨. 이때의 기억은 초기 단편집 《우리들의 시대에》의 토대가 됨.	**1899**
오크파크 고등학교에 입학해 학교 주간신문인 〈트래피즈〉와 잡지 《타불라》에 글을 기고함.	**1913**
고등학교 졸업 후 대학에 진학하지 않고 〈캔자스시티 스타〉 신문사의 기자로 6개월	**1917**

간 일함. 〈캔자스시티 스타〉의 문체 가이드
(간결한 문장을 쓸 것, 힘 있는 영어를 구사할 것,
과장된 형용사를 자제할 것 등)는 훗날 헤밍웨이
'하드보일드' 문체의 바탕이 됨.

1차 세계대전에 참전하기 위해 지원하지만   **1918**
시력 문제로 입대하지 못하고, 적십자 부대
의 앰뷸런스 운전병으로 투입됨. 곧 북이탈
리아 전선에 배치되나 박격포 포격으로 두
다리에 중상을 입어 6개월간 입원함. 부상
에도 불구하고 동료 이탈리아 병사를 구한
공로로 이탈리아로부터 무공훈장을 받음.
당시 치료를 받던 밀라노의 적십자병원에서
일곱 살 연상의 미국인 간호사 아그네스 폰
쿠로브스키를 사랑하게 되고, 이때의 경험
은《무기여 잘 있어라》를 비롯한 여러 작품
에 모티브가 됨.

종전 후 전쟁 영웅으로 귀향. 아그네스로부   **1919**
터 다른 사람과 결혼한다는 작별 편지를 받
고 실의에 빠짐.

오크파크를 떠나 시카고에 정착. 헤밍웨이   **1920**
의 첫 번째 부인이 되는 여덟 살 연상의 여
인 엘리자베스 해들리 리처드슨을 만남. 소
설가 셔우드 앤더슨과 교류 시작.

9월 해들리 리처드슨과 결혼. 〈토론토 스   **1921**
타〉 신문사의 유럽 특파원으로 채용되어 파
리로 이주, 카르티에라탱 지구의 카르디날
르무안가 74번지에 정착. 파리의 국외자 그
룹을 형성하고 있던 거트루드 스타인, 에즈
라 파운드, 제임스 조이스 등 당대의 걸출
한 문인들과 교류.

〈토론토 스타〉 특파원으로 그리스-터키 전쟁 취재. 해들리가 파리의 리옹 역에서 헤밍웨이의 습작 원고를 모두 분실.

1922

아내와 함께 처음으로 스페인 팜플로나를 여행하고 투우에 매혹됨. 토론토에서 장남 존(애칭 '범비') 출생. 첫 작품집《세 편의 단편과 열 편의 시》를 파리의 컨택트퍼블리싱 컴퍼니에서 한정판으로 출간.

1923　《세 편의 단편과 열 편의 시》

소설가이자 비평가인 포드 매덕스 포드를 도와《트랜스애틀랜틱 리뷰》편집에 참여. 자전적 인물 '닉 애덤스'가 등장하는 단편집《우리들의 시대에》가 파리의 스리마운틴스 프레스에서 출간됨.

1924　《우리들의 시대에》

아내의 친구이자《보그》지의 기자인 폴린 파이퍼를 알게 됨. 몽파르나스의 바 '딩고'에서 당시 이미 작가로서의 명성을 얻은 F. 스콧 피츠제럴드를 우연히 만남. 헤밍웨이의 재능을 알아본 그가 자신의 편집자인 미국 스크리브너 출판사의 맥스웰 퍼킨스를 소개해주려 했으나, 간발의 차이로 먼저 계약한 뉴욕의 보니앤드리버라이트 출판사에서 미국판이 나옴. 그러나 이후 헤밍웨이의 모든 작품은 스크리브너 출판사에서 출간됨.

1925

5월 단편집《봄의 격류》출간. 6월 아내 해들리와 아내의 친구 폴린 파이퍼와 함께 투우 경기를 보러 스페인 팜플로나를 여행함. 폴린과 사랑에 빠지면서 8월 아내와 이혼. 10월 첫 장편인《태양은 다시 떠오른다》를 출간. 전후 삶의 방향을 잃은 젊은이들의 방황을 사실적으로 묘사한 이 소설로 문단의 호

1926　《봄의 격류》
《태양은 다시 떠오른다》

평과 대중의 인기를 얻으며 큰 주목을 받음.

5월 폴린 파이퍼와 결혼. 가톨릭 신자인 폴린 파이퍼를 따라 가톨릭으로 개종함. 10월 단편집《남자들만의 세계》출간.	1927	《남자들만의 세계》
폴린과 함께 파리를 떠나 플로리다의 키웨스트로 이주. 6월 둘째 아들 패트릭 출생. 겨울과 여름을 플로리다의 키웨스트와 와이오밍을 오가며 생활. 12월 아버지 클래런스 헤밍웨이가 우울증으로 자살해 큰 충격을 받음.	1928	
1차 세계대전 참전 때의 경험을 담은《무기여 잘 있어라》출간. 상업적으로 큰 성공을 거둠.	1929	《무기여 잘 있어라》
11월 캔자스시티에서 셋째 아들 그레고리 출생.	1931	
쿠바의 수도 아바나에 머무르며 낚시 여행을 함. 투우에 관한 논픽션《오후의 죽음》 출간.	1932	《오후의 죽음》
폴린과 함께 스페인과 파리를 여행하고 케냐에서 사파리 여행을 함. 10월 단편집《승자는 아무것도 얻지 못한다》출간.	1933	《승자는 아무것도 얻지 못한다》
배를 구입하고 '필라'호로 이름 지음.	1934	
10월 아프리카에서의 사냥과 사파리 이야기를 담은 에세이집《아프리카의 푸른 언덕》출간.	1935	《아프리카의 푸른 언덕》

《에스콰이어》지에 단편 〈킬리만자로의 눈〉 발표. 《코즈모폴리턴》지에 단편 〈프랜시스 매컴버의 짧고 행복한 생애〉 발표.

1936

'북아메리카신문연맹' 특파원으로 스페인 내전을 취재함. 영화감독 요리스 이벤스와 함께 내전에 관한 다큐멘터리 〈스페인의 대지〉를 제작하고 해설을 씀. 이곳에서 미국의 저널리스트이자 소설가인 마사 겔혼과 처음 만남. 10월 《가진 자와 못 가진 자》 출간.

1937　《가진 자와 못 가진 자》

다큐멘터리의 해설을 《스페인의 대지》로 출간. 〈킬리만자로의 눈〉과 〈프랜시스 매컴버의 짧고 행복한 생애〉가 포함된 《제5열 및 첫 번째 49편의 단편》 출간. 〈제5열〉은 헤밍웨이의 유일한 희곡 작품임.

1938　《스페인의 대지》 《제5열 및 첫 번째 49편의 단편》

폴린과 별거하고, 쿠바 아바나 근교의 농장에서 마사 겔혼과 지냄. 헤밍웨이는 이 농장을 '핑카 비히아(전망 좋은 농장)'로 명명.

1939

10월 스페인 내전의 경험을 토대로 한 《누구를 위하여 종은 울리나》 출간. 폴린과 이혼하고 마사 겔혼과 결혼. 플로리다의 집을 폴린에게 주고 마사와 함께 '핑카 비히아'에 정착.

1940　《누구를 위하여 종은 울리나》

일본의 중국 침략 전쟁을 취재하는 마사를 따라 극동아시아 여행. 미국이 2차 세계대전에 참전함에 따라 자신의 배 '필라'호를 일종의 Q보트(독일군 잠수함을 공격하기 위해 상선으로 위장한 영국 군함)로 운영하도록 허가받아 쿠바 해안을 순찰했지만 성과는 없었음.

1941

10월 《전쟁하는 사람들》을 편집하고 서문을 씀.	1942	《전쟁하는 사람들》
《콜리어》지 특파원으로 유럽 전쟁을 취재하며 연합군의 노르망디 상륙작전, 파리 입성, 독일 진격 등을 취재. 전투 자격이 없는 취재원이면서 의용군을 이끈 것이 문제가 되어 고발당하지만 결국 취재 등의 공훈을 인정받아 1947년 청동성장 훈장을 받음.	1943	
런던에서 만난 《타임》지 기자 메리 웰시와 사랑에 빠짐. 마사 겔혼과 이혼.	1945	
헤밍웨이의 마지막 아내가 될 메리 웰시와 결혼 후 아이다호 주 케첨으로 이주.	1946	
메리와 유럽을 여행하고, 베네치아에서 수개월 체류. 이곳에서 열아홉 살 소녀 아드리아나 이반치치에게 연정을 품고 그녀에게서 받은 영감으로 《강을 건너 숲 속으로》의 여주인공 레나타를 그림.	1948	
10년 만에 《강을 건너 숲 속으로》를 출간하지만 평론가들의 혹평을 받음.	1950	《강을 건너 숲 속으로》
어머니 그레이스 헤밍웨이 사망.	1951	
9월 《라이프》지에 〈노인과 바다〉 발표 후 단행본으로 출간. 잡지 발행 이틀 만에 530만 부가 팔리고 단행본 선주문만 5만 부에 달하는 화제를 불러일으킴.	1952	《노인과 바다》
《노인과 바다》로 퓰리처상 수상. 메리와 아프리카로 사파리 여행을 떠남.	1953	

아프리카에서 두 번의 비행기 사고를 당하고 중상을 입음. 조난 후 소식이 두절된 사이 헤밍웨이가 사망했다는 소문이 퍼지며 각종 신문에 부고가 실렸고, 이후 구조되어 병원에 입원한 헤밍웨이는 이를 흥미진진하게 읽음. 노벨문학상 수상. 부상으로 인해 시상식에는 참석하지 못함.

1954

스페인을 방문해 투우 관람. 고혈압 등의 여러 질병으로 건강 악화.

1959

피델 카스트로가 재산국유화를 선언하자 쿠바를 떠나 아이다호에 정착. '핑카 비히아'는 정부에서 소유함(나중에 헤밍웨이 박물관으로 개조). 《라이프》지에 투우에 관한 글 〈위험한 여름〉 기고. 과대망상증과 우울증으로 미네소타의 병원에 입원.

1960

몇 번의 자살 시도와 입원을 거친 후 7월 2일 아이다호 케첨 자택에서 엽총으로 생을 마감.

1961

〈토론토 스타〉 시절의 기사들을 모아서 편찬한 《헤밍웨이 : 격정의 시절》 출간.

1962 《헤밍웨이 : 격정의 시절》

파리 시절에 대한 회고록들을 모은 에세이집 《움직이는 축제》 출간.

1964 《움직이는 축제》

헤밍웨이의 신문 기사들을 모은 《필자 : 어니스트 헤밍웨이》 출간.

1967 《필자 : 어니스트 헤밍웨이》

기존에 발표된 희곡 〈제5열〉에 미발표 단편 4편을 엮은 《제5열과 스페인 내전 단편 4편》 출간. 헤밍웨이 사후 쏟아져 나온 수많은 전기들 중 현재까지도 가장 표준적 준거

1969 《제5열과 스페인 내전 단편 4편》

로 여겨지는 카를로스 베이커의 《어니스트 헤밍웨이:인생 이야기》가 스크리브너에서 출간됨.

미완의 소설 《만류 속의 섬들》 출간. 〈캔자스시티 스타〉 시절의 기사들을 모은 《통신원 어니스트 헤밍웨이:캔자스시티 스타 이야기》 출간.	1970	《만류 속의 섬들》
고등학교 신문과 잡지에 실은 글들을 모은 《어니스트 헤밍웨이의 도제시절:오크파크, 1916~1917》 출간.	1971	
'닉 애덤스 단편'을 모두 모아 연대기순으로 편집한 소설집 《닉 애덤스 이야기》 출간.	1972	《닉 애덤스 이야기》
매사추세츠 월섬의 미국국립문서보존소 분관에서 헤밍웨이의 원고와 편지들을 대중에게 공개, 헤밍웨이 연구가 더욱 활성화됨.	1975	
헤밍웨이의 시들을 모은 《88편의 시》 출간. '헤밍웨이 산업'이라 불릴 정도로 활발한 비평적 관심의 결과 헤밍웨이에 대한 평론만을 싣는 저널 〈헤밍웨이 노트〉가 창간됨.	1979	
헤밍웨이의 원고들이 미국국립문서보존소에서 보스턴의 존 F. 케네디 도서관 특별전시실로 옮겨짐.	1980	
〈헤밍웨이 노트〉가 정식학술지 《헤밍웨이 리뷰》가 됨. 카를로스 베이커가 편찬한 《어니스트 헤밍웨이:편지 선집, 1917~1961》 출간.	1981	《어니스트 헤밍웨이:편지 선집, 1917~1961》

	1983	《시 전집》
《시 전집》 출간.		

《토론토 스타》에 기고한 기사들을 모은 《날짜 기입선:토론토》 출간. 미공개 글 몇 편과 함께 《라이프》지에 기고했던 〈위험한 여름〉을 표제작으로 하여 단행본 출간.

1985 — 《날짜 기입선: 토론토》 《위험한 여름》

유작 《에덴동산》 출간. 여성의 광기와 양성성을 가진 남자, 동성애 등 기존 헤밍웨이 소설의 남성적 이미지와 다른 파격적 소재를 다룬 작품으로, 헤밍웨이 작품에 관한 젠더 문제 연구에 새 장을 열어줌.

1986 — 《에덴동산》

《어니스트 헤밍웨이 단편 전집》 출간.

1987 — 《어니스트 헤밍웨이 단편 전집》

7월 헤밍웨이 탄생 100주년을 기념하기 위해, 미완성된 유고작을 아들 패트릭이 완결하여 《여명의 진실》이란 제목으로 출간.

1999 — 《여명의 진실》

옮긴이 **장경렬**

인천 출생으로, 서울대학교 영문과를 졸업했다. 미국 오스틴 소재 텍사스 대학교에서 영문학으로 박사학위를 취득했고, 현재 서울대학교 인문대학 영문과 교수로 재직 중이다. 문학 비평서로는 《미로에서 길 찾기》《신비의 거울을 찾아서》《응시와 성찰》이 있으며, 문학 연구서로는 〈The Limits of Essentialist Critical Thinking〉(American Studies Institute, SNU), 《코울리지: 상상력과 언어》《매혹과 저항: 현대 문학 비평 이론에 대한 비판적 이해를 위하여》가 있다. 번역서로는 《내 사랑하는 사람들의 잠든 모습을 보며》《야자열매 술꾼》《윌리엄 셰익스피어》《먹고, 쏘고, 튄다》《아픔의 기록》《우리 아기》《선과 모터사이클 관리술》《기탄잘리》등이 있다.

시공 헤밍웨이 선집

노인과 바다

2012년 3월 21일 초판 1쇄 발행
2019년 1월 28일 초판 4쇄 발행

지은이 | 어니스트 헤밍웨이
옮긴이 | 장경렬
발행인 | 이원주

책임편집 | 정은미 황경하
책임마케팅 | 정재영

발행처 | (주)시공사
출판등록 | 1989년 5월 10일(제3-248호)

주소 | 서울 서초구 사임당로 82(우편번호 06641)
전화 | 편집 (02)2046-2851·마케팅 (02)2046-2800
팩스 | 편집·마케팅 (02)585-1755
홈페이지 | www.sigongsa.com
세계문학의 숲 홈페이지 | www.sigongclassic.com

ISBN 978-89-527-6457-7(04840)
      978-89-527-6454-6(set)

시공 헤밍웨이 선집

우리들의 시대에 (1924) | 김성곤 옮김

헤밍웨이 문학의 시원을 보여주는 초기 걸작 단편집

각각의 독립적인 이야기이면서도 '닉 애덤스'라는 한 인물로 연결되어 있는 독특한 형식의 단편집으로, 작가의 분신인 '닉'이라는 어린 소년이 탄생과 죽음, 사랑과 상실을 경험하며 비정한 현실세계에 눈떠가는 성장 과정을 그렸다. 아버지의 그림자, 고독한 낚시, 야구에 대한 추억 등 후기 작품들의 근간이 되는 문학적 원형들이 모두 담겨 있다.

태양은 다시 떠오른다 (1926) | 권진아 옮김

'길 잃은 세대(Lost Generation)'를 대표하는 헤밍웨이의 첫 장편

청년 헤밍웨이를 일약 미국 문단의 총아로 떠오르게 한 작품. 전쟁을 겪은 후 삶의 방향을 상실한 젊은이들의 방황과 고뇌를 사실적으로 그린 헤밍웨이의 첫 장편으로, "만취 상태로 보낸 기나긴 주말"로 표현되는 당대의 불안과 상실감을 헤밍웨이 특유의 간결하고 예리한 문장으로 묘사했다.

| 타임 선정 100대 영문소설 | 모던라이브러리 선정 100대 영문소설 | 뉴스위크 선정 100대 세계소설

무기여 잘 있어라 (1929) | 김성곤 옮김

서른 살의 헤밍웨이를 세계적 작가의 반열에 올린 두 번째 장편

전장에서 만난 헨리 중위와 간호사 캐서린의 비극적 사랑 이야기를 통해 삶의 부조리에 직면한 인간 존재의 보편적 비극을 깊은 통찰로 그려낸 수작. 작가 스스로 "내가 쓴 《로미오와 줄리엣》"이라고 말할 만큼 애절한 연애소설이자 1차 세계대전을 무대로 한 가장 유명한 작품이다.

| 모던라이브러리 선정 100대 영문소설 | 미국대학위원회(SAT) 추천도서 | 서울대 선정 동서양 고전 200선

누구를 위하여 종은 울리나 (1940) | 안은주 옮김

미국 문학사의 지평을 넓힌 헤밍웨이 중기문학의 대표작

스페인 내전에 참가한 헤밍웨이의 경험을 토대로 한 장편소설. '길 잃은 세대'의 기수로서 주목받던 초기와 달리 헤밍웨이의 인간관과 사회관의 변화를 뚜렷하게 보여주는 작품이다. 파시스트에 반대하는 미국 청년 로버트 조던과 게릴라 부대 동료 대원들의 이야기가 중층적으로 펼쳐지는 대작이다.

| 뉴스위크 선정 100대 세계소설 | 르몽드 선정 20세기 100대 명저